CB013587

Martins Pena. Da revista *Dionysos*.

O Noviço

CLÁSSICOS ATELIÊ

Direção
Ivan Teixeira (*in memoriam*) e José de Paula Ramos Jr.

O Noviço

Martins Pena

Apresentação e notas
José de Paula Ramos Jr.

Ilustrações
Arnaldo Melo

Ateliê Editorial

1ª edição – 1997 | 2ª edição – 1997
3ª edição – 2001 | 4ª edição – 2004
5ª edição – 2015 | 6ª edição – 2025

Dados Internacionais de Catalogação na Publicação (CIP)
(Câmara Brasileira do Livro, SP, Brasil)

Pena, Martins, 1815-1848.
    O Noviço / Martins Pena; apresentação e notas José de
Paula Ramos Jr. – 6. ed. – Cotia – SP: Ateliê Editorial, 2025.

ISBN: 978-65-5580-147-7

1. Teatro brasileiro   I. Júnior, José de Paula Ramos.
II. Título.

25-248349   CDD-B869.2

Índices para catálogo sistemático:

1. Teatro: Literatura brasileira B869.2

Eliete Marques da Silva – Bibliotecária – CRB-8/9380

Direitos reservados à

ATELIÊ EDITORIAL
Estrada da Aldeia de Carapicuíba, 897
06709-300 – Cotia – SP – Brasil
Tel.: (11) 4702-5915 | contato@atelie.com.br
facebook.com/atelieeditorial | blog.atelie.br
instagram.com/atelie_editorial | www.atelie.com.br
threads.net/@atelie_editorial

Impresso no Brasil 2025
Foi feito o depósito legal

❧ Sumário ❧

O Riso Brasileiro de Martins Pena

José de Paula Ramos Jr.

A história do teatro no Brasil, anterior ao século XIX, é muito mal conhecida. Faltam registros que lancem luz mais nítida sobre essa época obscura. A despeito dessa carência, sabe-se de encenações dramáticas desde o início da colonização. Nesse período de três séculos, o teatro foi instrumento de catequese, de edificação religiosa, de educação moral e cívica, além de exercer a sua função própria de divertimento. Seus autores são quase todos estrangeiros, bem como seus temas e formas. Mesmo os nascidos no Brasil, e que aqui escreveram obras dramáticas, submeteram-se aos padrões de fora. Apesar da pobreza artística que caracteriza essas manifestações, é preciso conhecê-las, pois elas formaram a base do teatro propriamente brasileiro e da dramaturgia nacional.

Estima-se entre os anos de 1567 e 1570 a data em que a primeira peça foi escrita, no Brasil. Trata-se do *Auto de Pregação Universal*, de José de Anchieta, composto a pedido do padre Manuel da Nóbrega, para educação moral dos espectadores reinóis e nativos de Piratininga (São

Paulo), São Vicente e outras povoações. Desse texto, são conhecidos só dois fragmentos.

Embora essa tenha sido a primeira peça escrita, não foi a primeira representada. Antecedeu-lhe a encenação do *Auto de Santiago*, de autor e texto desconhecidos, realizada na Bahia, em 1564, conforme menciona padre Antônio Blasques, em carta datada desse ano[1].

Os padres jesuítas introduziram o teatro no Brasil e, ao que parece, o monopolizaram até o fim do século XVI. As representações ocorriam em praça pública, ao ar livre, ou nos colégios, ou no interior das igrejas, em ocasiões festivas ou solenes. Os atores improvisados eram estudantes, populares e índios "domesticados". As peças tinham como tema assuntos de devoção; eram alegorias com as quais se pretendia educar as plateias, na perspectiva da Companhia de Jesus. Quanto ao gênero, aparentavam-se com os *autos de moralidade* do teatro ibérico medieval, que têm a sua expressão máxima em Gil Vicente.

O padre José de Anchieta (1534–1597), natural de Tenerife, nas Ilhas Canárias, Espanha, é, praticamente, o único autor conhecido do nosso quinhentismo. Atribui-se a ele o *Auto de São Lourenço*, encenado no dia 10 de agosto de 1586, na Aldeia de São Lourenço, Niterói. Trata-se de uma curiosa mescla de personagens da fé católica (São Sebastião, São Lourenço, o anjo Custódio), imperadores romanos (Décio e Valeriano), figuras alegóricas cristãs (Temor de Deus e Amor de Deus), guerreiros tamoios e

---

1. *Apud* J. Galante de Sousa, *O Teatro no Brasil*, Rio de Janeiro, INL, 1960, tomo I, p. 96.

terríveis demônios identificados com seres sobrenaturais da floresta (Guaixará, rei dos diabos, e seus companheiros Aimbaré, Tataurana, Urubu, Gavião etc.), que se expressam em português, espanhol e tupi.

A presença de motivos indígenas e o registro de aspectos da vida colonial primitiva são os elementos de originalidade que dão maior interesse à obra de Anchieta, quando se pretende rastrear a origem remota do teatro nacional. De resto, a qualidade artística da obra é diminuta, mesmo porque a maior ambição do autor não era estética, mas doutrinária. O teatro de Anchieta foi instrumento de catequese dos índios e moralização dos colonos, pois tal era sua função, na óptica da Companhia de Jesus.

A raridade de registros sobre encenações teatrais no século XVII pode levar à suposição de um declínio da atividade, em comparação com o século anterior. É verdade que os anos Seiscentos foram muito conturbados – franceses no Maranhão, holandeses em Pernambuco, o Quilombo de Palmares, em Alagoas etc. –, mas não a ponto de paralisar a cena.

O teatro jesuítico continuou existindo, mas, com menor interesse pela função catequista, recolheu-se aos interiores dos colégios. Ignora-se o conteúdo da maior parte das peças representadas, mas, certamente, tratavam de assuntos de devoção, como as encenações de episódios da vida de mártires da Igreja.

No entanto, ao lado do teatro jesuítico, começava a aparecer o teatro profano, com encenações de comédias e dramas traduzidos dos mestres espanhóis Lope de Vega, Tirso de Molina e Calderón de la Barca[2]. A influência desses autores se evidencia nas duas comédias deixadas pelo poeta baiano Manuel Botelho de Oliveira (1636–1711): *Hay Amigo para Amigo* e *Amor, Engaños y Celos*. Escritas em espanhol, essas peças nunca foram representadas no Brasil e, segundo o juízo unânime da crítica, são desprovidas de qualquer valor dramático. De outros autores, porém, a historiografia conhece pouco mais que o nome.

O teatro de tradição popular, geralmente encenado na celebração de festas religiosas, foi muito apreciado, como atestam alguns poemas de Gregório de Matos (1636–1695), entre os quais se destacam: "Descreve estando na Cajaíba uma cavalhada burlesca, que ali fizeram pelo natal uns folgazões", "Descreve umas comédias, que na Cajaíba foram representadas pelos mesmos, ou parte deles com outros da mesma condição" e "Descreve outra comédia que fizeram na cidade os pardos na celebridade com que festejaram a Nossa Senhora do Amparo, como costumavam anualmente", do qual transcrevemos a primeira estrofe:

> Grande comédia fizeram
> os devotos do Amparo,
> em cujo lustre reparo,
> que as mais festas excederam:
> tão eficazes moveram

2. Cf. Antonio Candido e José Aderaldo Castello, *Presença da Literatura Brasileira*, 5ª ed., São Paulo, DIFEL, 1973, vol. 1, pp. 19-20.

ao povo, que os escutou,
que eu sei, quem ali firmou,
que se inda agora vivera
Viriato, não pudera
imitar, quem o imitou.

Como se pode notar no que se conhece do teatro seis-centista, o que há de particularidade brasileira é, pratica-mente, nada, a não ser o aparecimento de uma maioria de atores mestiços de negros.

Assim também ocorre no século XVIII, em que as peças encenadas eram principalmente traduções dos já citados espanhóis, acrescentando-se a eles os nomes de Molière, Voltaire, Goldoni e Metastasio, entre outros. De qualquer modo, verifica-se um certo progresso, com a multiplica-ção de casas de espetáculo, as primeiras construídas com essa finalidade, e de encenações, fatos que propiciavam o estabelecimento de elencos regulares.

As peças de autores brasileiros continuavam cati-vas de modelos europeus, nada apresentando de senti-mento nativista, ou pitoresca cor local, elementos que a crítica aponta como sintomas da arte propriamente na-cional. Tal submissão pode ser verificada em *O Parnaso Obsequioso*, peça alegórica de Cláudio Manuel da Costa, representada em Vila Rica, no ano de 1768 – outro exem-plo da pobreza artística que caracteriza as manifestações dramáticas do período.

É verdade que houve a figura mais talentosa de Antô-nio José da Silva (1705–1739), chamado *O Judeu*, cujas pe-ças foram muito apreciadas no Brasil, como é o caso de

Guerras do Alecrim e Manjerona. Mas esse compatriota, nascido no Rio de Janeiro, emigrou para Portugal ainda criança. Foi educado na Metrópole, onde viveu e desenvolveu sua carreira artística, até morrer na fogueira da Inquisição. E os estudiosos de sua obra, com pequena discordância, afirmam que ela pertence, mais legitimamente, à literatura dramática lusitana.

O teatro brasileiro, propriamente dito, é criação do Romantismo, quando as artes buscavam firmar o espírito de nacionalidade despertado pela emancipação política, que havia sido conquistada com a Independência, em 1822. Tal esforço verificou-se sobretudo na literatura, com o trabalho de uma geração preocupada com a brasilidade, que se pode constatar, em especial, na corrente indianista, que empolgou escritores como, entre outros, Gonçalves Dias e José de Alencar.

No caso específico do teatro, a criação de uma dramaturgia brasileira teve como pioneiros Gonçalves de Magalhães e Martins Pena. Foram eles que, junto ao extraordinário ator brasileiro João Caetano, inventaram o teatro nacional.

Magalhães já havia inaugurado o movimento do Romantismo entre nós, com a publicação, em 1836, de seu livro de poemas *Suspiros Poéticos e Saudades* e da revista de divulgação cultural *Niterói*; coube-lhe também a precedência cronológica no teatro, com a encenação de *Antônio José* ou *O Poeta e a Inquisição*, tragédia em cinco atos, escrita em versos e encenada pela primeira vez em 13 de março de 1838, pela célebre companhia de João Caetano. Embora tenha recebido calorosa acolhida do público, essa peça, hoje, parece bastante limitada, literária e dramaticamente, como, em suma, acontece com toda a obra desse autor, importante como animador cultural e pioneiro do Romantismo, mas artista medíocre. Contudo, Gonçalves de Magalhães inscreveu seu nome na história do teatro brasileiro, como criador da tragédia nacional.

Em 4 de outubro de 1838, estreava triunfalmente no Teatro São Pedro a peça *O Juiz de Paz na Roça*, comédia em um ato, de Martins Pena. Esta obra é considerada a primeira em seu gênero, no teatro nacional, de modo que seu autor é chamado criador de nossa comédia de costumes.

Originalidade de Martins Pena

Martins Pena tinha verdadeira vocação de palco e, ao que tudo indica, uma vocação que não deixa perceber influência de outros dramaturgos nativos ou estrangeiros – dos primeiros, por quase inexistirem; dos segundos, por ser improvável que Martins Pena, quando começou a escrever para o teatro, tivesse conhecimento da tradição da comédia clássica grega (Aristófanes e Menandro) e latina (Plauto e Terêncio), ou da comédia inglesa (Shakespeare e Ben Jonson), ou francesa (Molière e Beaumarchais), ou italiana (Maquiavel e Goldoni), ou espanhola (Calderón e Lope de Vega), ou mesmo de seu genial predecessor em vernáculo, Gil Vicente, cuja obra estava sendo lentamente redescoberta em Portugal, após séculos de esquecimento, na mesma época em que

Martins Pena iniciava sua carreira[3]. Na hipótese de que ele os tivesse lido, seu teatro parece ter desprezado essas influências todas, exceto as de Gil Vicente, exatamente o autor que mais provavelmente Martins Pena desconheceria. Como bem observou o crítico José Veríssimo:

Não se lhe vislumbra na obra conhecida nada que revele algo de gênio teatral inglês ou de literatura inglesa, nem de qualquer outra. A sua graça, pois a tem em quantidade, é já a resultante da fusão aqui da chalaça portuguesa com a capadoçagem mestiça, a graçola brasileira, sem sombra da finura do espírito francês ou do humor britânico. Esta sua imunidade [...] está atestando a individualidade própria, a inspiração nativa, a originalidade de Martins Pena[4].

Essa "inspiração nativa" vinha da observação direta da realidade brasileira viva, da província e da Corte, com seus tipos característicos, que o comediógrafo soube tão bem representar. Essa atenção à particularidade brasileira é que faz de Martins Pena o mais legítimo fundador da dramaturgia nacional.

O Noviço

Essa peça é uma das mais bem desenvolvidas e realizadas do comediógrafo fluminense. Trata-se de uma comédia

---

3. Consta que a primeira redação de *O Juiz de Paz na* Roça data de 1833, quando o autor contava dezoito anos de idade e era estudante do segundo ano do curso de Comércio.

4. José Veríssimo, *História da Literatura Brasileira*, Rio de Janeiro, Francisco Alves, 1916, pp. 378-379.

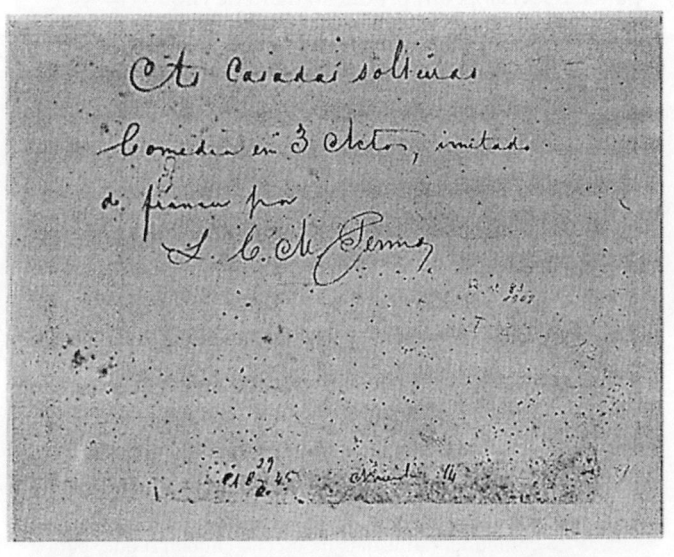

Assinatura de Martins Pena. *As Casadas Solteiras*. Folha de rosto do manuscrito.

de costumes, em três atos, que foi representada pela primeira vez no Teatro de São Pedro (Rio de Janeiro), em 10 de agosto de 1845. Sucesso na estreia e em todas as ocasiões em que é encenada por atores de qualidade, com direção segura e eficiente, *O Noviço* foi também adaptada para a televisão, com produção da Rede Globo (1975).

Fábula

Em teoria literária, chama-se *fábula* a apresentação esquemática do conteúdo de uma obra. Wolfgang Kayser, eminente crítico alemão, assim se pronunciou a propósito dessa noção:

> O resumo do conteúdo atende unilateralmente ao decorrer dos acontecimentos, e de todas as partes da obra, das descrições, conversas, reflexões etc., extrai somente, e sob forma de relato, o que é importante para a estrutura da ação. (Na obrigação de concentração e unilateralidade reside o valor pedagógico das narrativas do conteúdo, tão usuais na escola, enquanto que, para a educação artística, como já se viu, o seu valor é reduzido.)[5]

É com a finalidade didática assinalada por Kayser que passamos a apresentar o resumo da ação de *O Noviço*, dispondo os acontecimentos em ordem cronológica e não na ordem em que se apresentam na obra. Esse procedimento tem a finalidade de preparar o terreno para o trabalho

---

5. Wolfgang Kayser, *Análise e Interpretação da Obra Literária*, Coimbra, Arménio Amado, 1970, vol. I, p. 110.

de análise, que virá após, e, assim, oferecer ao leitor subsídios que o habilitem a apreciar mais proveitosamente a leitura do texto do artista.

Ambrósio era um homem inescrupuloso, que se aproveitava da boa-fé das pessoas para ficar rico. Casara-se com Rosa, uma mocinha ingênua, de quinze anos de idade, em Maranguape, no Ceará. Após dois anos de matrimônio, com a morte da mãe de Rosa, Ambrósio se apoderou da herança e, supostamente, partiu para o Uruguai, sob o pretexto de empregar o dinheiro num negócio muito lucrativo. Na verdade, o velhaco abandonou a mulher e foi viver no Rio de Janeiro, levando-lhe a herança. Rosa procurou, em vão, notícias do marido, até dá-lo por morto.

Instalado no Rio, Ambrósio conheceu Florência, viúva rica, mãe de uma jovem chamada Emília e de Juca, menino de nove anos. Essa mulher era também tutora e testamenteira de um sobrinho de nome Carlos, namorado da prima Emília.

Perfeitamente informado da condição econômica de Florência, Ambrósio fez-lhe a corte, simulando amor verdadeiro e desinteressado. Seduzida pela lábia do farsante, a viúva se casou, acreditando que o marido era um homem honesto e sinceramente apaixonado por ela.

O bígamo convence a segunda esposa a internar Carlos no seminário e, também, a preparar os dois filhos para a vida religiosa. Com isso, queria evitar que recebessem suas heranças, uma vez que padres e freiras renunciam às riquezas materiais. Assim, ele conseguiria reter consigo toda a fortuna.

No entanto, ao completar seis meses de noviciado, Carlos, que não tinha a menor vocação para padre, foge do seminário, após agredir o Abade com uma cabeçada. Chegando à casa da tia, o noviço rebelde se encontra com Emília, que o informa do desígnio de tornarem-na freira e, ao irmão Juca, frade. Carlos fica furioso. Enquanto os namorados conversavam na sala, Florência e Ambrósio, desconhecendo a presença do sobrinho, estavam em seus aposentos, preparando-se para sair. Emília, chamada pela mãe, deixa o namorado sozinho na sala.

Batem à porta. Carlos atende a uma mulher, que se identifica como esposa de Ambrósio. Rosa relata sua história, dizendo que, após seis anos, tivera conhecimento de que o marido estava vivo e casado com outra mulher, no Rio de Janeiro. Com essa informação, viera para a Corte e, assim que desembarcara, conseguira o endereço e ali estava, munida de duas cópias da certidão de casamento. Carlos, dizendo que a ajudaria, consegue uma das cópias e esconde Rosa num aposento contíguo.

Florência, Emília e Ambrósio, vestidos para sair, entram na sala. Carlos e Ambrósio discutem asperamente, com o segundo querendo obrigar o primeiro a voltar ao convento, chegando a ameaçá-lo fisicamente. O rapaz, então, diz que se submeteria à vontade do tio após mostrar-lhe uma coisa. Conduzindo-o, abre a porta do quarto onde Rosa estava, de modo que só ele a visse. Ambrósio recua, toma convulsivamente os braços de Florência e Emília e as arrasta para a rua, pretextando atraso para a celebração da missa de Ramos, à qual iriam assistir.

Carlos, então, confirma a Rosa que o marido estava de fato casado de novo. Ela desmaia. Nesse ínterim, o rapaz percebe uma agitação na rua. Era o padre-mestre dos noviços, que, acompanhado de meirinhos (oficiais de justiça), estava a procurá-lo na vizinhança, para conduzi-lo preso de volta ao convento.

Carlos reanima Rosa e a convence de que os meirinhos estavam para chegar a fim de prendê-la, por ordem de Ambrósio. A mulher se assusta e pede proteção ao noviço. Este propõe a troca de vestimentas, com o que ludibriariam os meirinhos, de modo que ela teria tempo para fugir, enquanto ele seria preso em seu lugar. Rosa veste o hábito de Carlos; este, o vestido dela.

O noviço travestido recebe a comitiva de busca e se identifica como tia de Carlos. Como tal, informa ao padre-mestre que o sobrinho estava escondido no quarto contíguo. Assim, Rosa, tomada pelo noviço fujão, é presa.

Ambrósio retorna a casa sem a mulher e a enteada. De início, toma Carlos por Rosa e faz ameaças até de morte. O rapaz, após divertir-se um momento, desfaz o equívoco e informa estar de posse da certidão do primeiro casamento. Ambrósio implora pela certidão e Carlos estabelece condições para entregá-la. Exige ser desligado do convento e receber sua legítima herança; impõe a suspensão do desígnio de obrigar os primos à vida religiosa e requer o consentimento de seu matrimônio com Emília.

Ambrósio aceita todas as condições e se ajoelha aos pés do sobrinho, implorando o documento comprometedor. Eis que chegam Florência e Emília. A primeira, ao ver a cena, pensa que o marido fazia a corte a uma mulher. Ao reconhecer o sobrinho, pede explicações daquela situação inusitada. Eles dão a desculpa de que ensaiavam uma comédia.

Florência parece não acreditar muito, mas sua atenção é desviada para outro assunto. Carlos informa que Ambrósio concordara com sua saída do convento. Ela se surpreende, mas Ambrósio justifica sua nova disposição dizendo que, até então, desconhecia o afeto que unia Carlos e Emília e que, ao se inteirar do fato, não queria ser responsável pela infelicidade dos namorados. Defende o casamento dos jovens, convencendo Florência.

Carlos declara que, em reconhecimento da bondade do tio, cederia a ele metade de seus bens, entregando-lhe no ato um documento nesse sentido. O rapaz passa às mãos de Ambrósio a suposta cessão de direitos, que, na verdade, era a certidão de Rosa. Ambrósio finge desprendimento e rasga a escritura, provocando a admiração de Florência. De repente, entra o padre-mestre dos noviços acompanhado de meirinhos. Carlos é preso e levado ao convento.

O padre-mestre relata tudo o que acontecera, revelando o embuste que sofrera por obra de Carlos e o pandemônio instalado no convento, quando descobriram que o suposto noviço aprisionado era, na verdade, uma mulher. Florência quer saber que mulher era aquela, mas o padre-mestre nada sabia, além do que havia relatado.

A sós com o marido, Florência exige explicações. Ambrósio tenta enrolá-la com mais uma lorota, quando Rosa aparece, ainda vestida de noviço, e mostra sua cópia da certidão de casamento. Os meirinhos que a acompanhavam lançam-se ao bígamo, para prendê-lo, mas ele consegue escapar.

Florência cai em depressão. Muda-se para o quarto de Carlos, para evitar as lembranças que o seu lhe trazia. Acamada por oito dias, a pobre mulher lamenta-se com a filha, que procura encorajá-la.

Emília pede à mãe socorro para Carlos, que estava preso no convento. Florência escreve uma carta ao Abade, solicitando a presença de um frade com que pudesse tratar do caso do sobrinho. A carta é dada a um portador, o criado José, de quem Florência desconfia, por haver sido contratado por Ambrósio.

Florência fica só e adormece. Carlos, que fugira novamente do convento, entra no quarto, sujo e roto, e nota que a tia mudara-se para lá.

O padre-mestre de noviços, de fora da casa, bate à porta, pedindo licença para entrar. O fugitivo, reconhecendo-lhe a voz, esconde-se embaixo da cama. Florência desperta e chama a filha, pedindo-lhe que atendesse à porta.

Emília recebe o padre-mestre e o leva ao quarto onde estava a mãe. Esta indaga se o motivo de sua presença estava relacionada com a carta que enviara ao Abade, para tratar do desligamento de Carlos do convento. Ele diz que não, que ali estava para capturá-lo outra vez, pois o rapaz escapara de novo. Diz mais, que o Abade estava disposto a desligá-lo do noviciado, mas, antes, seria necessário castigá-lo exemplarmente. O padre-mestre se despede e parte, com a promessa de Florência de que se o sobrinho aparecesse por ali ela o obrigaria a voltar ao convento. Durante toda essa conversa, Carlos, discretamente, puxa o vestido de Emília, brincando com a namorada, que fica preocupada e inquieta.

O criado José, de volta a casa, informa à patroa que entregara a carta e o Abade mandara um reverendo para conversar com ela. Na verdade, José entregara a carta a Ambrósio, que entra no quarto disfarçado de frade.

Trancando a porta, Ambrósio se dá a conhecer, ameaça Florência e exige joias e dinheiro para poder fugir da polícia, que o procurava. A mulher grita por socorro, correndo pelo quarto, com o velhaco a persegui-la. Uma mesa é derrubada, as luzes se apagam e Carlos, que saíra do esconderijo com intenção de defender a tia, volta para debaixo da cama, quando violentas pancadas tentam abrir a porta. Ambrósio se esconde dentro do armário.

Entram cinco vizinhos, que, ouvindo o pedido de socorro de Florência, haviam corrido para acudi-la. A dona da casa, muito perturbada, diz que fora atacada por um ladrão vestido de frade, e sai, pedindo aos amigos que procurassem e castigassem o assaltante.

Os homens vasculham o quarto e dão com Carlos embaixo da cama. O rapaz corre e é perseguido pelos vizinhos, que o tomam pelo bandido. Na confusão, o armário onde Ambrósio se escondera é derrubado, com a porta voltada para o chão.

Florência e Emília entram no quarto. A jovem diz à mãe que era Carlos quem lá estava, sendo contraditada por ela, que garantia ser o velhaco do marido. Eis que chega Rosa, propondo uma aliança, para se vingarem de Ambrósio. Este, não aguentando mais a sufocação no armário, consegue arrebentar uma tábua, colocando a cabeça para fora para respirar. As mulheres dão-lhe bordoadas.

Carlos, preso pelos vizinhos e por soldados, é conduzido à presença da tia, que, junto a Emília e Rosa, vigiava Ambrósio, encalacrado dentro do armário. O equívoco de identidades se desfaz.

Os soldados preparavam-se para levar o bígamo para a cadeia, quando este denuncia Carlos como fugitivo do convento e agressor do Abade. O meirinho constata que, de fato, havia uma ordem de prisão contra o noviço, mas a chegada do padre-mestre livra o rapaz da acusação, uma vez que o Abade havia concedido perdão para Carlos e permissão para sua saída do convento. E assim termina a história, com um final feliz para todos, menos para Ambrósio, que é castigado por seus crimes.

A Comicidade em *O Noviço*: Caracteres × Situações

A propósito do efeito cômico no teatro de comédia de Martins Pena, Alfredo Bosi assinala que

[...] o intuito básico de Martins Pena era fazer rir pela insistência na marcação de tipos roceiros e provincianos em contato com a Corte. O tom passa do cômico ao bufo, e a representação pode virar farsa a qualquer momento: o labrego de Minas ou o fazendeirão paulista seriam fonte de riso fácil para o público fluminense, e o nosso autor não perde vaza para explorar-lhes a linguagem, as vestes, as abusões[6].

---

6. Alfredo Bosi, *História Concisa da Literatura Brasileira*, 2ª ed., São Paulo, Cultrix, 1974, pp. 164-165.

Essas observações são justas, se tivermos em mira peças como *O Juiz de Paz da Roça*, mas devem ser vistas com certa reserva no caso de *O Noviço*.

É verdade que Martins Pena não descartou, nessa peça, o humor com base nos caracteres. As personagens são compostas segundo um método sumário, que tanto proporciona à plateia um reconhecimento rápido dos tipos, quanto favorece a comicidade, devido à caracterização caricata. Assim, a galeria de personagens é constituída de estereótipos, sem profundidade ou densidade psicológica: o vilão ambicioso e sem escrúpulos (Ambrósio); a viúva rica e assanhada (Florência); a donzela em apuros (Emília); o noviço com vocação militar (Carlos), a esposa abandonada (Rosa), a criança inocente (Juca), o criado venal (José), o mestre trapalhão (o padre-mestre dos noviços).

No entanto, a comicidade do teatro de Martins Pena e, particularmente, no caso de *O Noviço*, reside menos nos caracteres e mais nas situações. Aquela generalização de Alfredo Bosi, quanto aos tipos roceiros, não tem efetividade aqui, pois as personagens são urbanas. A cearense Rosa é a única provinciana e o autor quase não explora as possibilidades humorísticas da caracterização estereotipada do tipo nordestino. O que, principalmente, provoca o riso nessa peça são as situações hilariantes em que as personagens se enredam.

Ambrósio, por exemplo, pode ser engraçado como estereótipo cômico do homem ambicioso e sem escrúpulos, mas é muito mais hilariante na cena em que convence Florência a destinar os filhos à vida monástica; ou naquela em que leva bordoadas das duas esposas, enquanto está preso no armário. O mesmo se pode dizer da figura de Carlos; há um certo humor em sua figura de noviço com vocação militar, mas ele desperta o riso franco da plateia ao vestir-se de mulher, fazendo-se passar por Rosa; ou na confusão que ele desencadeia ao enganar o padre-mestre dos noviços, que leva Rosa presa em seu lugar; ou, ainda, na cena em que, escondido sob a cama, fica a puxar a saia de Emília, deixando-a muito embaraçada. São circunstâncias equívocas como essas, cenas de perseguição, trambolhões e bordoadas que sustentam o tom divertidíssimo da peça. Nesse sentido, sim, é justa aquela parte da observação de Alfredo Bosi, segundo a qual o "tom passa do cômico ao bufo, e a representação pode virar farsa a qualquer momento".

A carpintaria dramática se esmera na multiplicação de situações equívocas, disfarces, esconderijos e surpresas, que se sucedem, criando momentos de grande comicidade, daquela que não exige reflexão, mas abandono à fruição imediata do ridículo escancarado nas cenas.

Elementos de Crítica

O Noviço é puro divertimento, mas, como se trata de uma comédia de costumes, não deixa de examinar e censurar comportamentos que feriam (e ainda ferem) padrões consensuais de moralidade. Martins Pena pratica a máxima do poeta Jean de Santeuil (1630–1697) – *castigat ridendo mores* ("rindo castiga os costumes") –, embora de modo atenuado, pois seus juízos, implícitos na representação dramática, não atingem os valores estruturais da sociedade de seu tempo, mesmo porque estava de acordo com a maioria deles. Sua crítica tem, basicamente, dois alvos: caracteres individuais pervertidos, ou apenas ridículos, e hábitos sociais perniciosos.

No caso dos caracteres pervertidos, distingue-se a figura de Ambrósio, cuja primeira fala desenha o tipo de consumado velhaco. Essa personagem se apresenta fazendo a apologia do maquiavelismo mais inescrupuloso, ao se vangloriar dos meios ilícitos empregados para adquirir fortuna fácil:

No mundo a fortuna é para quem sabe adquiri-la. Pintam-na cega... Que simplicidade! Cego é aquele que não tem inteligência para vê-la e a alcançar. Todo homem pode ser rico, se atinar com o verdadeiro caminho da fortuna. Vontade forte, perseverança e pertinácia são poderosos auxiliares. Qual o homem que, resolvido a empregar todos os meios, não consegue enriquecer-se? Em mim se vê o exemplo. Há oito anos, era eu pobre e miserável, e hoje sou rico, e mais ainda serei. O como não importa; no bom resultado está o mérito...

Na sequência desse solilóquio, Martins Pena põe na boca de Ambrósio uma observação de cinismo chocante, que era válida para a realidade de seu tempo e que, infelizmente, ainda se verifica nos dias de hoje:

[...] Mas um dia pode tudo mudar. Oh, que temo eu? Se em algum tempo tiver de responder pelos meus atos, o ouro justificar-me-á e serei limpo de culpa. As leis criminais fizeram-se para os pobres...

O
NOVIÇO

COMEDIA EM 3 ACTOS

POR

L. C. M. Penna.

RIO DE JANEIRO

Emp. Typ. DOUS DE DEZEMBRO de P. Brito
Impressor da Casa Imperial.

—

1853.

O *Noviço*. Folha de rosto da 1ª edição.
(Exemplar da Biblioteca Nacional)

Observe-se a certeza de impunidade de Ambrósio; ele tem consciência de que seus atos são criminosos, mas nada teme da justiça, acreditando que a riqueza material o colocaria acima da lei. Não obstante essa convicção, no fim da peça, o vilão é aprisionado pela polícia. Esse fato não invalida o conteúdo crítico daquela observação sobre o caráter discricionário da lei, embora este seja atenuado pela punição do criminoso. Com isso, Martins Pena parece nos dizer que a lei é boa, mas é sujeita à corrupção de homens venais. Nesse ponto, é bom lembrar que as críticas do autor não são radicais, pois não atingem as instituições, nas quais ele acredita, mas as pessoas desonradas.

Quanto aos caracteres ridículos, sobressai a figura de Florência. Martins Pena constrói, com essa personagem, o estereótipo da viúva assanhada, que, embevecida pelo suposto amor de um homem, deixa de lado a prudência, esquece-se dos deveres de mãe e, ingenuamente, deixa-se manipular por um farsante.

No capítulo dos hábitos sociais perniciosos, avulta a crítica às deformações profissionais. É o que se constata no seguinte diálogo, travado entre Emília e Carlos:

Emília – E os nossos parentes quando nos obrigam a seguir uma carreira para a qual não temos inclinação alguma, dizem que o tempo acostumar-nos-á.

Carlos – O tempo acostumar! Eis aí por que vemos entre nós tantos absurdos e disparates. Este tem jeito para sapateiro: pois vá estudar medicina… Excelente médico! Aquele tem inclinação para cômico: pois não senhor, será político… Ora, ainda isso vá. Estoutro só tem jeito para caiador ou borrador: nada, é ofício que não presta... Seja diplomata, que borra tudo quanto faz. Aqueloutro chama-lhe toda a propensão para a ladroeira; manda o bom-senso que se corrija o sujeitinho, mas isso não se faz: seja tesoureiro de repartição, fiscal, e lá se vão os cofres da nação à garra... Essoutro tem uma grande carga de preguiça e indolência e só serviria para leigo de convento, no entanto vemos o bom do mandrião empregado público, comendo com as mãos encruzadas sobre a pança o pingue ordenado da nação.

Emília – Tens muita razão; assim é.

Carlos – Este nasceu para poeta ou escritor, com uma imaginação fogosa e independente, capaz de grandes cousas, mas não pode seguir a sua inclinação, porque poetas e escritores morrem de miséria, no Brasil... E assim [o] obriga a necessidade a ser o mais somenos amanuense em uma repartição pública e a copiar cinco horas por dia os mais soníferos papéis. O que acontece? Em breve matam-lhe a inteligência e fazem do homem pensante máquina estúpida, e assim se gasta uma vida! É preciso, é já tempo que alguém olhe para isso, e alguém que possa.

Emília – Quem pode nem sempre sabe o que se passa entre nós, para poder remediar; é preciso falar.

Carlos – O respeito e a modéstia prendem muitas línguas, mas lá vem um dia que a voz da razão se faz ouvir, e tanto mais forte quanto mais comprimida.

Emília – Mas Carlos, hoje te estou desconhecendo...

Carlos – A contradição em que vivo tem-me exasperado! E como queres tu que eu não fale quando vejo, aqui, um péssimo cirurgião que poderia ser bom alveitar; ali, um ignorante general que poderia ser excelente enfermeiro; acolá, um periodiqueiro que só serviria para arreiro, tão desbocado e insolente é, etc. Tudo está fora de seus eixos...

Martins Pena se escuda em sua personagem para transmitir suas próprias opiniões irritadas, que deviam ser também as da maior parte de sua plateia, a propósito dos maus profissionais, fazendo-o, embora, em tom de deboche. É notável que, passados mais de cento e cinquenta anos da estreia da peça, essas críticas ainda sejam atuais, encontrando vasta ressonância no conceito dos brasileiros contemporâneos. De resto, trata-se de uma realidade adversa que pode ser constatada ao longo de toda a história humana, como os famosos versos de Camões sobre o desacerto do mundo demonstram:

Os bons vi sempre passar
no mundo graves tormentos;
e, para mais me espantar,
os maus vi sempre nadar
em mar de contentamentos.

Mas, segundo Martins Pena, qual seria a causa desse mal? Haveria remédio para ele? A sequência do diálogo de Emília e Carlos esclarece a posição do autor face ao problema:

Emília – Mas que queres tu que se faça?
Carlos – Que não se constranja ninguém, que se estudem os homens e que haja uma bem-entendida e esclarecida proteção, e que, sobretudo, se despreze o patronato, que assenta o jumento nas bancas das academias e amarra o homem de talento à manjedoura.

Pena, sempre através de Carlos, identifica no "patronato" a raiz do mal que oprime a sociedade. O patronato consiste no uso da riqueza, influência e/ou poder para favorecimento de um protegido, na obtenção de um emprego, um cargo ou uma posição almejada, independentemente do mérito do candidato; é o que se chama vulgarmente apadrinhamento, ou pistolão. Curiosamente, Carlos condena o patronato particular, mas prescreve como remédio o patronato governamental. Caberia ao governo a justa proteção e encaminhamento dos talentos, de modo a se honrar o mérito.

A propósito dessa questão, levantada pelo fragmento citado, Sílvio Romero faz agudas observações, que também permanecem atuais, mais de um século após a publicação – o que não é nada lisonjeiro para o nosso tempo:

Trecho, em verdade, instrutivo como manifestação da mania romântica de censurar os governos, por não protegerem os talentos, mania essa que recrudesce agora encampada por um socialismo bastardo, que vive também de quimeras e objurgatórias. Carlos, em sua ingenuidade, esconjurava o patronato e, ao mesmo tempo, reclamava uma bem-entendida proteção. [...]

O patronato, o empenho, são, por certo, forças sociais, que têm exercido ampla função; mas a sociedade, até hoje, não tem passado da organização do abuso em larguíssima escala, e é quase impossível emendá-la por essa face, que, ao menos, serve para quebrar-lhe a monotonia. Demais o empenho muitas vezes é bem aplicado, põe-se ao serviço do mérito, o que de forma alguma importa de nossa parte a defesa da injustiça. Como quer que seja, porém, não é de agora essa lazeira social. Pena a conheceu e estigmatizou em mais de um ponto de suas comédias[7].

7. Sílvio Romero, *História da Literatura Brasileira*, 5ª ed., Rio de Janeiro, José Olympio, 1953, t. IV, p. 1489.

Romantismo, ou Realismo Precoce?

O teatro de Martins Pena representa a realidade brasileira de seu tempo com aguda capacidade de observação, embora sem profundidade social ou psicológica, preocupação lírica ou maior intuito moralizador, como assinalou Sílvio Romero:

> O escritor fotografa o seu meio com uma espontaneidade de pasmar, e essa espontaneidade, essa facilidade, quase inconsciente e orgânica, é o maior elogio de seu talento.
>
> Se se perdessem todas as leis, escritos, memórias da história brasileira dos primeiros cinquenta anos deste século xix, que está a findar, e nos ficassem somente as comédias de Pena, era possível reconstruir por elas a fisionomia moral de toda essa época.
>
> Nelas não existem a poesia da natureza, o vago, o sonho, as fugas para o ideal, que os próprios cômicos gregos não se dedignavam de mesclar às suas bufonerias. [...]
>
> Não há no autor fluminense a poesia de Aristófanes nem as máximas morais de Menandro; existe, em compensação, o intenso realismo dos observadores modernos[8].

Essas observações de Sílvio Romero são exatas, em geral, mas é necessário matizá-las para evitar equívocos. Examinando a questão sob a perspectiva da escola literária, o problema se esclarece.

Cronologicamente, o teatro de Martins Pena está vinculado à escola do Romantismo, mas o texto de Sílvio Romero dá a impressão de que essa obra seria exemplo de

8. Silvio Romero, *op. cit.*, p. 1477.

Realismo precoce. Não é bem assim. É verdade que as comédias de Pena se afastam do lirismo e das idealizações românticas; é também verdade que o autor possui senso realista de observação, mas discordamos de que este seja o "intenso realismo dos observadores modernos".

É necessário distinguir o Realismo, enquanto escola literária, do *realismo*, enquanto tendência artística comum a todas as épocas artísticas. Sempre houve, na história da arte, independentemente dos estilos de época, autores com maior propensão à fantasia, ou à representação artística mais objetiva da realidade. Assim, o teatro de Aristófanes, Shakespeare, Gil Vicente e Molière é "realista", embora não pertença à escola do Realismo. E este é o caso também de Martins Pena.

O *realismo* de Martins Pena decorre, principalmente, do gênero em que ele se destacou como dramaturgo – a comédia de costumes –, que, por natureza, apresenta estereótipos dos hábitos e usos da sociedade. A título de ilustração, poder-se-ia traçar uma analogia entre as comédias de Pena e o romance *Memórias de um Sargento de Milícias*, de seu quase contemporâneo Manuel Antônio de Almeida (1831–1861). Em ambos os casos, o costumbrismo desvela aspectos pitorescos de tipos humanos e sociais, com arguta capacidade de observação, embora esta não se constitua na modalidade de observação típica do Realismo, enquanto estética, uma vez que esta se caracteriza pela análise objetiva, profunda e sistemática de caracteres psicológicos e/ou sociais, que inexiste na dramaturgia de Pena e na obra de Almeida.

O autor de *O Noviço* não escapa da visão de mundo de sua época, que, artisticamente, se expressa pelo Romantis-

Teatro de São Pedro de Alcântara (Rio de Janeiro), depois da reforma de 1838. Foi onde se deu a estreia de *O Noviço*. Reprodução de um desenho publicado no *Ostensor Brasileiro*, Rio de Janeiro, vol. 1, 1845–1846, p. 60.

mo. Embora destoe da escola, por seu espírito menos propenso à fantasia e à subjetividade, identifica-se com ela, em linhas gerais, por vários aspectos: a presença significativa de assuntos nacionais (nacionalismo), o humor inspirado na cultura popular de cor local, o maniqueísmo na construção de personagens e argumentos dramáticos, o gosto pelo *happy end* e a defesa de valores sociais e morais essencialmente ligados ao liberalismo, que está na base da quase totalidade das obras românticas.

Mas acima das discussões teóricas e ideológicas, melhor mesmo é ler as peças e assistir às encenações das comédias de Martins Pena, deixando-se levar pelo humor franco desse extraordinário mestre do riso.

Texto da Presente Edição

Como se disse, a primeira montagem de *O Noviço* estreou no Teatro de São Pedro, Rio de Janeiro, na noite de 10 de agosto de 1845. Não se conhece manuscrito da peça e não há certeza quanto ao ano de sua composição. Talvez este seja o mesmo da estreia em palco, como permite supor o documento em que se encontra a liberação da peça, assinado pelo secretário do Conservatório Dramático Brasileiro e datado de 14 de junho de 1945[9].

A primeira edição da obra, sob a responsabilidade do editor Paula Brito, é de 1853 (Rio de Janeiro, Emp. Tip. Dous de Dezembro). Outras se seguiram a essa, em edi-

---

9. Martins Pena, *Comédias de Martins Pena*, Rio de Janeiro, INL, edição crítica por Darcy Damasceno, 1956, p. 24.

ções isoladas ou em coletâneas. Destas, destacam-se as de 1898 e de 1914, da editora Garnier, que trazem um estudo crítico sobre o teatro no Rio de Janeiro, por Mello Morais Filho, e texto de Sílvio Romero, sobre Martins Pena. O texto das edições Garnier apresentam correções de irregularidades gramaticais, redimensionam a repartição de cenas e alteram as rubricas em que o autor dá indicações para a representação, tudo isso sob o pretexto de torná-lo, respectivamente, "correto", bem ordenado e claro.

O restabelecimento do texto original deve-se ao minucioso trabalho de Darcy Damasceno, que, em 1956, publicou a edição crítica das comédias de Martins Pena, pelo Instituto Nacional do Livro (INL), ligado ao então Ministério da Educação e Cultura. A presente edição tem por base o texto fixado por Damasceno.

O Autor

Luís Carlos Martins Pena nasceu na cidade do Rio de Janeiro, em 1815. Seu pai, um obscuro juiz do bairro de Santa Rita, faleceu quando a criança contava um ano de idade. Aos dez anos, ficou órfão também de mãe.

Sob a tutela primeiro do avô e depois de um tio materno, após o estudo primário, foi matriculado na Escola de Comércio, que cursou de 1832 a 1835. Uma vez formado, mas sem inclinação para a carreira de negócios, frequentou a Academia de Belas-Artes, aprendendo noções básicas de arquitetura, pintura e escultura, mas não completou o curso. Paralelamente, estudou música, arte para a qual não era desprovido de talento. Abandonando a Academia de Belas-Artes, dedicou-se, como autodidata, ao estudo de literatura e de línguas estrangeiras, chegando a dominar bem o inglês, o francês e o italiano.

Em 1838, entrou para o serviço público, como amanuense na Mesa do Consulado no Rio de Janeiro, cargo que exerceu até 1843, quando foi transferido para a Secretaria de Estado dos Negócios Estrangeiros, com a mesma função. Em 1847, foi promovido a adido de primeira classe, seguindo para Londres, onde permaneceu até fins do ano seguinte. Atacado pela tuberculose pulmonar, embarcou para o Brasil, mas sua viagem foi interrompida em Lisboa, onde faleceu, em 7 de dezembro de 1848, com somente trinta e três anos de idade.

Além de funcionário público, Martins Pena foi folhetinista e articulista do *Jornal do Comércio*, um dos mais importantes órgãos da imprensa da época. Aventurou-se na composição de um romance histórico, de uma novela e de algumas peças de teatro dramático, mas obteve o mais retumbante e merecido triunfo como autor de comédias de costumes, gênero de que ele foi o introdutor, e nunca superado autor, no Brasil.

A Obra de Martins Pena

Martins Pena escreveu, em poucos anos de atividade, vinte e oito peças de teatro, sobre duas das quais apenas se tem notícia de que foram representadas. Desse total, em vida do autor, dezessete foram encenadas e sete publicadas. Na classificação de Darcy Damasceno, quanto ao gênero, são vinte e duas comédias e seis dramas. Além de teatro, o autor produziu o romance histórico *Duguay-Trouin* (texto desconhecido), a novela *O Rei do Amazonas* (a Biblioteca Nacional possui manuscrito só dos primeiros capítulos) e crônicas para o *Jornal do Comércio*. Do conjunto, sobressaem as comédias, sendo o restante da obra de parco valor artístico.

Segue abaixo a relação das peças de maior prestígio, com indicação de gênero, extensão e ano da primeira representação:

O Juiz de Paz da Roça – comédia em um ato, 1838.

Judas em Sábado de Aleluia – comédia em um ato, 1844.

Os Irmãos das Almas – comédia em um ato, 1844.

Os Dous ou o Inglês Maquinista – comédia em um ato, 1845.

O Diletante – comédia em um ato, 1845.

O Noviço – comédia em três atos, 1845.

Os Ciúmes de um Pedestre ou o Terrível Capitão do Mato – comédia em um ato, 1846.

As Desgraças de uma Criança – comédia em um ato, 1846.

BIBLIOGRAFIA

BOSI, Alfredo. *História Concisa da Literatura Brasileira*. 2ª ed., São Paulo, Cultrix, 1974.

CANDIDO, Antonio e CASTELLO, José Aderaldo. *Presença da Literatura Brasileira*. 5ª ed., São Paulo, DIFEL, 1973.

KAYSER, Wolfgang. *Análise e Interpretação da Obra Literária*. Coimbra, Arménio Amado, 1970.

PAIXÃO, Múcio da. *O Teatro no Brasil*. Rio de Janeiro, Brasília Editora [1936].

PENA, Martins. *Comédias de Martins Pena*. Rio de Janeiro, INL, edição crítica por Darcy Damasceno, 1956.

ROMERO, Sílvio. *História da Literatura Brasileira.* 5ª ed., Rio de Janeiro, José Olympio, 1953.

SOUSA, J. Galante de. *O Teatro no Brasil.* Rio de Janeiro, INL, 1960.

VERÍSSIMO, José. *História da Literatura Brasileira.* Rio de Janeiro, Francisco Alves, 1916.

∿ O Noviço ∿

COMÉDIA EM 3 ATOS

❧ Personagens ❧

Ambrósio.
Florência, sua mulher.
Emília, sua filha[1].
Juca, 9 anos, dito[2].
Carlos, noviço da Ordem de S. Bento.
Rosa, provinciana, primeira mulher de Ambrósio.
Padre-Mestre dos noviços.
Jorge[3].
José, criado.
1 meirinho[4], que fala.
2 ditos[5], que não falam.
Soldados de Permanentes[6], etc. etc.

[*A cena passa-se no Rio de Janeiro.*]

1. Filha de Florência, mas não de Ambrósio.
2. Isto é, Juca, irmão de Emília, também é filho só de Florência. Ambrósio é seu padastro.
3. Vizinho de Florência.
4. Oficial de Justiça.
5. Isto é, dois meirinhos.
6. Eram assim chamados os antigos membros da Guarda Nacional portuguesa que, após a Independência, permaneceram no Brasil e formaram os primeiros corpos estáveis de polícia do Rio de Janeiro.

❧ Primeiro Ato ❧

Sala ricamente adornada: mesa, consolos, mangas de vidro[1], jarras com flores, cortinas etc., etc. No fundo, porta de saída, uma janela etc. etc.

CENA I

Ambrósio (só, de calça preta e chambre) – No mundo a fortuna é para quem sabe adquiri-la. Pintam-na cega... Que simplicidade! Cego é aquele que não tem inteligência para vê-la[2] e a alcançar. Todo homem pode ser rico, se atinar com o verdadeiro caminho da fortuna. Vontade forte, perseverança e pertinácia são poderosos auxiliares. Qual o homem que, resolvido a empregar todos os meios, não consegue enriquecer-se? Em mim se vê o exemplo. Há oito anos, era eu pobre e miserável, e hoje sou rico, e mais ainda serei. O como não

1. Peças de vidro tubular, que servem de proteção a candeeiros. Metonímia de luminária.
2. No texto da primeira edição, lê-se *sê-la*. Erro tipográfico corrigido pela edição crítica de Darcy Damasceno.

importa; no bom resultado está o mérito...[3] Mas um dia pode tudo mudar. Oh, que temo eu? Se em algum tempo tiver de responder pelos meus atos, o ouro justificar-me-á e serei limpo de culpa. As leis criminais fizeram-se para os pobres...[4]

CENA II

Entra Florência vestida de preto,
como quem vai a festa.

Florência (*entrando*) – Ainda despido, Sr. Ambrósio?

Ambrósio – É cedo. (*Vendo o relógio.*) São nove horas, e o ofício de Ramos[5] principia às dez e meia.

Florência – É preciso ir mais cedo para tomarmos lugar.

Ambrósio – Para tudo há tempo. Ora dize-me, minha bela Florência...

Florência – O que, meu Ambrosinho?

Ambrósio – O que pensa tua filha do nosso projeto?

3. Ambrósio se apresenta como um ambicioso sem escrúpulos. Em sua fala ecoa a máxima maquiavélica: "os fins justificam os meios".

4. Crítica de Martins Pena. O cinismo de Ambrósio denuncia o caráter discricionário das leis.

5. Missa em que se comemora a entrada messiânica de Jesus Cristo em Jerusalém.

Florência – O que pensa não sei eu, nem disso se me dá; quero eu – e basta. E é seu dever obedecer[6].

Ambrósio – Assim é; estimo que tenhas caráter enérgico.

Florência – Energia tenho eu.

Ambrósio – E atrativos, feiticeira...

Florência – Ai, amorzinho! (*À parte.*) Que marido!

Ambrósio – Escuta-me, Florência, e dá-me atenção. Crê que ponho todo o meu pensamento em fazer-te feliz...

Florência – Toda eu sou atenção.

Ambrósio – Dous filhos te ficaram do teu primeiro matrimônio. Teu marido foi um digno homem e de muito juízo; deixou-te herdeira de avultado cabedal. Grande mérito é esse...

Florência – Pobre homem!

Ambrósio – Quando eu te vi pela primeira vez, não sabia que eras viúva rica. (*À parte.*) Se o sabia! (*Alto.*) Amei-te por simpatia.

Florência – Sei disso, vidinha.

Ambrósio – E não foi o interesse que obrigou-me a casar contigo.

Florência – Foi o amor que nos uniu.

Ambrósio – Foi, foi, mas agora que me acho casado contigo, é de meu dever zelar essa fortuna que sempre desprezei.

Florência (*à parte*) – Que marido!

Ambrósio (*à parte*) – Que tola! (*Alto.*) Até o presente tens gozado dessa fortuna em plena liberdade e a teu bel-prazer; mas daqui em diante, talvez assim não seja.

---

6. Autoritarismo materno. Segundo a mentalidade da época, os filhos deviam total obediência aos pais.

Florência – E por quê?

Ambrósio – Tua filha está moça e em estado de casar-se. Casar-se-á, e terás um genro que exigirá a legítima[7] de sua mulher, e desse dia principiarão as amofinações[8] para ti, e intermináveis demandas[9]. Bem sabes que ainda não fizestes[10] inventário[11].

Florência – Não tenho tido tempo, e custa-me tanto aturar procuradores!

Ambrósio – Teu filho também vai a crescer todos os dias e será preciso por fim dar-lhe a sua legítima... Novas demandas.

Florência – Não, não quero demandas.

Ambrósio – É o que eu também digo; mas como preveni-las?

Florência – Faze o que entenderes, meu amorzinho.

Ambrósio – Eu já te disse há mais de três meses o que era preciso fazermos para atalhar esse mal. Amas a tua filha, o que é muito natural, mas amas ainda mais a ti mesma...

Florência – O que também é muito natural...

Ambrósio – Que dúvida! E eu julgo que podes conciliar esses dous pontos, fazendo Emília professar[12] em um

7. Parte garantida por lei aos herdeiros legítimos.
8. Aborrecimentos.
9. Processos judiciais.
10. Assim no texto da primeira edição, em vez de *fizeste*.
11. Processo jurídico que relaciona os bens deixados por alguém que morre, transferindo-os aos herdeiros, na proporção de seus direitos.
12. Fazer voto de vida religiosa.

convento. Sim, que seja freira. Não terás nesse caso de dar legítima alguma[13], apenas um insignificante dote – e farás ação meritória.

Florência – Coitadinha! Sempre tenho pena dela; o convento é tão triste!

Ambrósio – É essa compaixão mal-entendida! O que é este mundo? Um pélago[14] de enganos e traições, um escolho[15] em que naufragam a felicidade e as doces ilusões da vida. E o que é o convento? Porto de salvação e ventura, asilo da virtude, único abrigo da inocência e verdadeira felicidade...E deve uma mãe carinhosa hesitar na escolha entre o mundo e o convento?

Florência – Não, por certo...

Ambrósio – A mocidade é inexperiente, não sabe o que lhe convém. Tua filha lamentar-se-á, chorará desesperada, não importa; obriga-a e dai tempo ao tempo. Depois que estiver no convento e acalmar-se esse primeiro fogo, abençoará o teu nome e, junto ao altar, no êxtase de sua tranquilidade e verdadeira felicidade, rogará a Deus por ti. (*À parte.*) E a legítima ficará em casa...

Florência – Tens razão, meu Ambrosinho, ela será freira.

Ambrósio – A respeito de teu filho direi o mesmo. Tem ele nove anos e será prudente criarmo-lo desde já para frade.

---

13. Como freira, Emília renunciaria à herança.
14. Mar profundo.
15. Rochedo, recife.

Florência – Já ontem comprei-lhe o hábito com que andará vestido daqui em diante.

Ambrósio - Assim não estranhará quando chegar à idade de entrar no convento; será frade feliz. (*À parte.*) E a legítima também ficará em casa...

Florência – Que sacrifícios não farei eu para ventura de meus filhos!

CENA III

*Entra Juca, vestido de frade, com chapéu
desabado, tocando um assobio.*

Florência – Anda cá, filhinho. Como estais[16] galante com esse hábito!

Ambrósio – Juquinha, gostas desta roupa?

Juca – Não, não me deixa correr, é preciso levantar assim... (*Arregaça o hábito.*)

Ambrósio – Logo te acostumarás.

Florência – Filhinho, hás de ser um fradinho muito bonito.

Juca (*chorando*) – Não quero ser frade!

Florência – Então, o que é isso?

Juca – Hi, hi, hi... Não quero ser frade!

Florência – Menino!

16. Assim no texto da primeira edição, em vez de *estás*.

Ambrósio – Pois não te darei o carrinho que te prometi, todo bordado de prata, com cavalos de ouro[17].

Juca (rindo-se) – Onde está o carrinho?

Ambrósio – Já o encomendei; é cousa muito bonita: os arreios todos enfeitados de fitas e veludo.

Juca – Os cavalos são de ouro?

Ambrósio – Pois não, de ouro com os olhos de brilhantes.

Juca – E andam sozinhos?

Ambrósio – Se andam! De marcha e passo.

Juca –Andam, mamãe?

Florência – Correm, filhinho.

Juca (saltando de contente) – Como é bonito! E o carrinho tem rodas, capim para os cavalos, uma moça bem enfeitada?

Ambrósio – Não lhe falta nada.

Juca – E quando vem?

Ambrósio – Assim que estiver pronto.

Juca (saltando e cantando) – Eu quero ser frade, eu quero ser frade… (*Etc.*)

Ambrósio (para Florência) – Assim o iremos acostumando…

Florência – Coitadinho, é preciso comprar-lhe o carrinho!

Ambrósio – Com cavalos de ouro?

Florência – Não.

Ambrósio – Basta que se compre uma caixinha com soldados de chumbo.

Juca (saltando pela sala) – Eu quero ser frade!

17. Ambrósio chantageia e tenta subornar o menino com promessas e mentiras. Crítica implícita do autor a esse comportamento nada educativo.

Florência – Está bom, Juquinha, serás frade; mas não gri-
tes tanto. Vai lá para dentro.

Juca (sai cantando) – Eu quero ser frade... (*Etc.*)

Florência – Estas crianças...

Ambrósio – Este levaremos com facilidade... De pequenino
se torce o pepino... Cuidado me dá o teu sobrinho Carlos.

Florência – Já vai para seis meses que ele entrou como noviço no convento.

Ambrósio – E queira Deus que decorra o ano inteiro para
professar, que só assim ficaremos tranquilos.

Florência – E se fugir do convento?

Ambrósio – Lá isso não temo eu... Está bem recomenda-
do. É preciso empregarmos toda nossa autoridade para
obrigá-lo a professar. O motivo, bem o sabes...

Florência – Mas olha que Carlos é da pele[18], é endiabrado.

Ambrósio – Outros tenho eu domado....Vão sendo horas
de sairmos, vou-me vestir. (*Sai pela esquerda.*)

CENA IV

Florência (só) – Se não fosse este homem com quem casei-me segunda vez, não teria agora quem zelasse com

---

18. Expressão popular em que se subentende o complemento "do
diabo". Ser "da pele do diabo" é ser endiabrado, como a própria fala
esclarece na sequência.

tanto desinteresse a minha fortuna[19]. É uma bela pessoa... Rodeia-me de cuidados e carinhos. Ora, digam lá que uma mulher não deve casar-se segunda vez...[20] Se eu soubesse que havia de ser sempre tão feliz, casar-me-ia cinquenta[21].

CENA V

Entra Emília, vestida de preto, como querendo atravessar a sala.

Florência – Emília, vem cá.

Emília – Senhora?

Florência – Chega aqui. Ó menina, não deixarás este ar triste e lagrimoso em que andas?

Emília – Minha mãe, eu não estou triste. (*Limpa os olhos com o lenço.*)

Florência – Aí tem! Não digo? A chorar. De que chora?

Emília – De nada, não senhora.

Florência – Ora, isto é insuportável! Mata-se e amofina-se uma mãe extremosa para fazer a felicidade de sua filha, e como agradece esta? Arrepelando-se[22] e chorando. Ora, sejam lá mãe e tenham filhos desobedientes...

Emília – Não sou desobediente. Far-lhe-ei a vontade; mas não posso deixar de chorar e sentir. (*Aqui aparece à*

19. Ingenuidade de Florência.

20. Florência renega a opinião de que a mulher deve casar uma única vez.

21. Assanhamento de Florência.

22. Arrancando os próprios cabelos. Em sentido figurado, tem o significado de *lamentar-se*.

porta por onde saiu, Ambrósio, em mangas de camisa, para observar.)

Florência – E por que tanto chora a menina, por quê?

Emília – Minha mãe...

Florência – O que tem de mau a vida de freira?

Emília – Será muito boa, mas é que não tenho inclinação nenhuma para ela.

Florência – Inclinação, inclinação! O que quer dizer inclinação? Terás, sem dúvida, por algum francelho[23] frequentador de bailes e passeios, jogador do *écarté*[24] e dançador de polca?[25] Essas inclinações é que perdem a muitas meninas. Esta cabecinha ainda está muito leve; eu é que sei o que te convém: serás freira.

Emília – Serei freira, minha mãe, serei! Assim como estou certa que hei de ser desgraçada.

Florência – Histórias! Sabes tu o que é mundo? O mundo é... é... (*À parte.*) Já não me recordo o que me disse o Sr. Ambrósio que era o mundo. (*Alto.*) O mundo é... um... é... (*À parte.*) E esta? (*Vendo Ambrósio junto da porta.*) Ah, Ambrósio, dize aqui a esta estonteada o que é o mundo.

Ambrósio (*adiantando-se*) – O mundo é um pélago de enganos e traições, um escolho em que naufragam a felicidade e as doces ilusões da vida... E o convento é porto de salvação e ventura, único abrigo da

---

23. Dizia-se de quem abusa de expressões e comportamentos afrancesados. Era vocábulo também usado para indicar uma pessoa tagarela.

24. Jogo de cartas, em francês.

25. Música da moda, ao lado da valsa, nos saraus do século XIX.

inocência e verdadeira felicidade... Onde está minha casaca?

Florência – Lá em cima no sótão. (*Ambrósio sai pela direita. Florência, para Emília.*) Ouviste o que é o mundo, e o convento? Não sejas pateta, vem acabar de vestir-te, que são mais que horas. (*Sai pela direita.*)

CENA VI

Emília e depois Carlos.

Emília – É minha mãe, devo-lhe obediência, mas este homem, meu padrasto, como o detesto! Estou certa que foi ele quem persuadiu a minha mãe que me metesse no convento. Ser freira? Oh, não, não! E Carlos, que tanto amo? Pobre Carlos, também te perseguem! E por que nos perseguem assim? Não sei. Como tudo mudou nesta casa, depois que minha mãe casou-se com este homem! Então não pensou ela na felicidade de seus filhos. Ai, ai!

CENA VII

*Carlos, com hábito de noviço, entra
assustado e fecha a porta.*

Emília (*assustando-se*) – Ah, quem é? Carlos?

Carlos – Cala-te!

Emília – Meu Deus, o que tens, por que estás tão assustado? O que foi?

Carlos – Aonde está minha tia, e o teu padrasto?

Emília – Lá em cima. Mas o que tens?

Carlos – Fugi do convento, e aí vêm eles atrás de mim.

Emília – Fugiste? E por que motivo?

Carlos – Por que motivo? Pois faltam motivos para se fugir de um convento? O último foi o jejum em que vivo há sete dias... Vê como tenho esta barriga, vai a sumir-se. Desde sexta-feira passada que não mastigo pedaço que valha a pena.

Emília – Coitado!

Carlos – Hoje, já não podendo, questionei[26] com o D. Abade. Palavras puxam palavras; dize tu, direi eu, e por fim de contas arrumei-lhe uma cabeçada, que o atirei por esses ares.

Emília – O que fizestes[27], louco?

Carlos – E que culpa tenho eu, se tenho a cabeça esquentada? Para que querem violentar minhas inclinações? Não nasci para frade, não tenho jeito nenhum para estar horas inteiras no coro a rezar com os braços encru-

26. Discuti.
27. Assim no texto da primeira edição, em vez de *fizeste*.

zados. Não me vai o gosto para aí... Não posso jejuar: tenho, pelo menos três vezes ao dia, uma fome de todos os diabos. Militar é o que eu quisera ser; para aí chama-me a inclinação. Bordoadas, espadeiradas, rusgas é que me regalam; esse é o meu gênio. Gosto de teatro, e de lá ninguém vai ao teatro, à exceção de Frei Maurício, que frequenta a plateia de casaca e cabeleira[28], para esconder a coroa[29].

Emília – Pobre Carlos, como terás passado estes seis meses de noviciado!

Carlos – Seis meses de martírio! Não que a vida de frade seja má; boa é ela para quem a sabe gozar e que para ela nasceu; mas eu, priminha, eu que tenho para a tal vidinha negação completa, não posso!

Emília – E os nossos parentes quando nos obrigam a seguir uma carreira para a qual não temos inclinação alguma, dizem que o tempo acostumar-nos-á.

Carlos – O tempo acostumar! Eis aí por que vemos entre nós tantos absurdos e disparates. Este tem jeito para sapateiro: pois vá estudar medicina... Excelente médico! Aquele tem inclinação para cômico: pois não senhor, será político... Ora, ainda isso vá. Estoutro só tem jeito para caiador ou borrador: nada, é ofício que não presta... Seja diplomata, que borra tudo quanto faz. Aqueloutro chama-lhe toda a propensão para a ladroeira; manda o bom senso que se corrija o sujeitinho, mas isso não se faz: seja tesoureiro de repartição, fiscal, e

28. Peruca.
29. Tonsura. Corte de cabelo usado por clérigos.

lá se vão os cofres da nação à garra... Essoutro tem uma grande carga de preguiça e indolência e só serviria para leigo[30] de convento, no entanto vemos o bom do mandrião[31] empregado público, comendo com as mãos encruzadas sobre a pança o pingue[32] ordenado da nação.

Emília – Tens muita razão; assim é.

Carlos – Este nasceu para poeta ou escritor, com uma imaginação fogosa e independente, capaz de grandes cousas, mas não pode seguir a sua inclinação, porque poetas e escritores morrem de miséria, no Brasil... E assim [o] obriga a necessidade a ser o mais somenos amanuense[33] em uma repartição pública e a copiar cinco horas por dia os mais soníferos papéis. O que acontece? Em breve matam-lhe a inteligência e fazem do homem pensante máquina estúpida, e assim se gasta uma vida! É preciso, é já tempo que alguém olhe para isso, e alguém que possa.

Emília – Quem pode nem sempre sabe o que se passa entre nós, para poder remediar; é preciso falar.

Carlos – O respeito e a modéstia prendem muitas línguas, mas lá vem um dia que a voz da razão se faz ouvir, e tanto mais forte quanto mais comprimida.

Emília – Mas Carlos, hoje te estou desconhecendo...

Carlos – A contradição em que vivo tem-me exasperado!

---

30. Aquele que não pertence à hierarquia eclesiástica.
31. Vadio.
32. Gordo.
33. Escrevente.

E como queres tu que eu não fale quando vejo, aqui, um péssimo cirurgião que poderia ser bom alveitar[34]; ali, um ignorante general que poderia ser excelente enfermeiro; acolá, um periodiqueiro[35] que só serviria para arrieiro[36], tão desbocado e insolente é, etc. Tudo está fora de seus eixos...

Emília – Mas que queres tu que se faça?

Carlos – Que não se constranja ninguém, que se estudem os homens e que haja uma bem-entendida e esclarecida proteção, e que, sobretudo, se despreze o patronato[37], que assenta o jumento nas bancas das academias e amarra o homem de talento à manjedoura. Eu, que quisera viver com uma espada à cinta e à frente do meu batalhão, conduzi-lo ao inimigo através da metralha, bradando: "Marcha... (*Manobrando pela sala, entusiasmado*) Camaradas, coragem, calar baionetas! Marche, marche! Firmeza, avança! O inimigo fraqueia... (*Seguindo Emília, que recua, espantada*) Avança!"

Emília – Primo, primo, que é isso? Fique quieto!

Carlos (*entusiasmado*) – "Avança, bravos companheiros, viva a Pátria! Viva!" – e voltar vitorioso, coberto de sangue e poeira... Em vez desta vida de agitação e gló-

---

34. Tratador de animais.

35. Forma pejorativa de *periodista*, isto é, aquele que escreve em periódicos: jornalista.

36. Pessoa que conduz bestas de carga. No texto da primeira edição, lê-se *arreeiro*, termo corrigido na edição crítica de Darcy Damasceno.

37. Favorecimento de alguém por força da proteção que recebe de uma pessoa influente.

ria, hei de ser frade, revestir-me de paciência e humildade, encomendar defuntos... (*Cantando*) *Requiescat in pace... a porta inferi! amen...*[38] O que seguirá disto? O ser eu péssimo frade, descrédito do convento e vergonha do hábito que visto. Falta-me a paciência.

Emília – Paciência, Carlos, preciso eu também ter, e muita. Minha mãe declarou-me positivamente que eu hei de ser freira.

Carlos – Tu, freira? Também te perseguem?

Emília – E meu padrasto ameaça-me.

Carlos – Emília, aos cinco anos estava eu órfão, e tua mãe, minha tia, foi nomeada por meu pai sua testamenteira e minha tutora. Contigo cresci nesta casa, e à amizade de criança seguiu-se inclinação mais forte... Eu te amei, Emília, e tu também me amaste.

Emília – Carlos!

Carlos – Vivíamos felizes! esperando que um dia nos uniríamos. Nesses planos estávamos, quando apareceu este homem, não sei donde, e que soube a tal ponto iludir tua mãe, que a fez esquecer-se de seus filhos que tanto amava, de seus interesses e contrair segundas núpcias.

Emília – Desde então nossa vida tem sido tormentosa...

Carlos – Obrigaram-me a ser noviço, e não contentes com isso, querem-te fazer freira. Emília, há muito tempo que eu observo este teu padrasto. E sabes qual tem sido o resultado de minhas observações?

Emília – Não.

Carlos – Que ele é um rematadíssimo velhaco.

38. "Descanse em paz... na morada dos mortos! Amém..."

Emília – Oh, estás bem certo disso?

Carlos – Certíssimo! Esta resolução que tomaram, de fazerem-te freira, confirma a minha opinião.

Emília – Explica-te.

Carlos – Teu padrasto persuadia a minha tia que me obrigasse a ser frade para assim roubar-me, impunemente, a herança que meu pai deixou-me. Um frade não põe demandas...[39]

Emília – É possível?

Carlos – Ainda mais; querem que tu sejas freira para não te darem dote, se te casares.

Emília – Carlos, quem te disse isso? Minha mãe não é capaz!

Carlos – Tua mãe vive iludida. Oh, que não possa eu desmascarar este tratante!...

Emília – Fala baixo!

CENA VIII

Entra Juca.

Juca – Mana, mamãe pergunta por você.

Carlos – De hábito? Também ele? Ah!...

Juca (*correndo para Carlos*) – Primo Carlos!

---

39. Não entra em litígio; não move processos judiciais.

Carlos (tomando-o no colo) – Juquinha! Então, prima, tenho ou não razão? Há ou não plano?

Juca – Primo, você também é frade? Já lhe deram também um carrinho de prata com cavalos de ouro?

Carlos – O que dizes?

Juca – Mamãe disse que havia de me dar um muito dourado quando eu fosse frade. (*Cantando.*) Eu quero ser frade... (*Etc., etc.*)

Carlos (para Emília) – Ainda duvidas? Vê como enganam esta inocente criança!

Juca – Não enganam não, primo; os cavalos andam sozinhos.

Carlos (para Emília) – Então?

Emília – Meu Deus!

Carlos – Deixa o caso por minha conta. Hei de fazer uma estralada[40] de todos os diabos, verão...

Emília – Prudência!

Carlos – Deixa-os comigo. Adeus, Juquinha, vai para dentro com tua irmã. (*Bota-o no chão.*)

Juca – Vamos, mana. (*Sai cantando.*) Eu quero ser frade... (*Emília o segue.*)

CENA IX

Carlos (só) – Hei de descobrir algum meio... Oh, se hei de! Hei de ensinar a este patife, que casou-se com minha tia para comer não só a sua fortuna, como a de seus filhos. Que belo padrasto!... Mas por ora tra-

---

40. Confusão e gritaria.

temos de mim; sem dúvida no convento anda tudo em polvorosa... Foi boa cabeçada! O D. Abade deu um salto de trampolim... (*Batem à porta.*) Batem? Mau! Serão eles? (*Batem.*) Espreitemos pelo buraco da fechadura. (*Vai espreitar.*) É uma mulher... (*Abre a porta.*)

CENA X

Rosa e Carlos.

Rosa – Dá licença?

Carlos – Entre.

Rosa (*entrando*) – Uma serva de Vossa Reverendíssima[41].

Carlos – Com quem tenho o prazer de falar?

Rosa – Eu, Reverendíssimo Senhor, sou uma pobre mulher. Ai, estou muito cansada...

Carlos – Pois sente-se, senhora. (*À parte.*) Quem será?

Rosa (*sentando-se*) – Eu chamo-me Rosa. Há uma hora que cheguei do Ceará no vapor *Paquete*[42] do Norte.

Carlos – Deixou aquilo por lá tranquilo?

41. Rosa confunde um simples noviço com um monge beneditino; por isso dá a Carlos tratamento tão respeitoso.

42. Embarcação ligeira, que era usada no transporte regular de passageiros.

Rosa – Muito tranquilo, Reverendíssimo. Houve apenas no mês passado vinte e cinco mortes[43].

Carlos – S. Brás! Vinte e cinco mortes! E chama a isso tranquilidade?

Rosa – Se Vossa Reverendíssima soubesse o que por lá vai, não se admiraria. Mas, meu senhor, isto são cousas que nos não pertencem; deixe lá morrer quem morre, que ninguém se importa com isso[44]. Vossa Reverendíssima é cá da casa?

Carlos – Sim senhora.

Rosa – Então é parente de meu homem?

Carlos – De seu homem?

Rosa – Sim senhor.

Carlos – E quem é seu homem?

Rosa – O Sr. Ambrósio Nunes.

Carlos – O Sr. Ambrósio Nunes!…

Rosa – Somos casados há oito anos.

Carlos – A senhora é casada com o Sr. Ambrósio Nunes, e isto há oito anos?

Rosa – Sim senhor.

Carlos – Sabe o que está dizendo?

Rosa – Essa é boa!

Carlos – Está em seu perfeito juízo?

Rosa – O Reverendíssimo ofende-me…

Carlos – Com a fortuna! Conte-me isso, conte-me – como se casou, quando, como, em que lugar?

---

43. Ironia de Martins Pena.

44. Nessa fala, percebe-se o desânimo do autor perante a impunidade dos criminosos.

Rosa – O lugar foi na igreja.

Carlos – Está visto.

Rosa – Quando, já disse; há oito anos.

Carlos – Mas onde?

Rosa (*levanta-se*) – Eu digo a Vossa Reverendíssima. Sou filha do Ceará. Tinha eu meus quinze anos quando lá apareceu, vindo do Maranhão, o Sr. Ambrósio. Foi morar na nossa vizinhança. Vossa Reverendíssima bem sabe o que são vizinhanças... Eu o via todos os dias, ele também via-me; eu gostei, ele gostou e nos casamos.

Carlos – Isso foi anda mão, fia dedo...[45] E tem documentos que provem o que diz?

Rosa – Sim senhor, trago comigo a certidão do vigário que nos casou, assinada pelas testemunhas, e pedi logo duas, por causa das dúvidas. Podia perder uma...

Carlos – Continue.

Rosa – Vivi dois anos com meu marido muito bem. Passado esse tempo, morreu minha mãe. O Sr. Ambrósio tomou conta de nossos bens, vendeu-os[46] e partiu para Montevidéu a fim de empregar o dinheiro em um negócio, no qual, segundo dizia, havíamos de ganhar muito. Vai isto para seis anos, mas desde então, Reverendíssimo Senhor, não soube mais notícias dele.

Carlos – Oh!

45. Expressão popular com o sentido aproximado de "uma coisa puxa a outra".

46. No texto da primeira edição, lê-se *vende-os*. Erro corrigido na edição crítica de Darcy Damasceno.

Rosa – Escrevi-lhe sempre, mas nada de receber resposta. Muito chorei, porque pensei que ele havia morrido.

Carlos – A história vai interessando-me, continue.

Rosa – Eu já estava desenganada, quando um sujeito, que foi aqui do Rio, disse-me que meu marido ainda vivia e que habitava na Corte.

Carlos – E nada mais lhe disse?

Rosa – Vossa Reverendíssima vai espantar-se do que eu disser...

Carlos – Não me espanto, diga.

Rosa – O sujeito acrescentou que meu marido tinha-se casado com outra mulher.

Carlos – Ah, disse-lhe isso?

Rosa – E muito chorei eu, Reverendíssimo; mas depois pensei que era impossível, pois um homem pode lá casar-se tendo a mulher viva? Não é verdade, Reverendíssimo?

Carlos – A bigamia é um grande crime; o Código é muito claro.

Rosa – Mas na dúvida, tirei as certidões do meu casamento, parti para o Rio, e assim que desembarquei, indaguei onde ele morava. Ensinaram-me e venho eu mesma perguntar-lhe que histórias são essas de casamentos.

Carlos – Pobre mulher, Deus se compadeça de ti!

Rosa – Então é verdade?

Carlos – Filha, a resignação é uma grande virtude. Quer fiar-se em mim, seguir meus conselhos?

Rosa – Sim senhor, mas que tenho eu a temer? Meu marido está com efeito casado?

Carlos – Dê-me cá uma das certidões.

Rosa – Mas…

Carlos – Fia-se ou não em mim?

Rosa – Aqui está. (*Dá-lhe uma das certidões.*)

Ambrósio (*dentro*) – Desçam, desçam, que passam as horas.

Carlos – Aí vem ele.

Rosa – Meu Deus!

Carlos – Tomo-a debaixo da minha proteção. Venha cá; entre neste quarto.

Rosa – Mas Reverendíssimo…

Carlos – Entre, entre, senão abandono-a. (*Rosa entra no quarto à esquerda e Carlos cerra a porta.*)

CENA XI

Carlos (*só*) – Que ventura, ou antes, que patifaria! Que tal? Casado com duas mulheres! Oh, mas o Código é muito claro… Agora verás como se rouba e se obriga a ser frade…

CENA XII

Entra Ambrósio de casaca, seguido de Florência e Emília, ambas de véu de renda preta sobre a cabeça.

Ambrósio (*entrando*) – Andem, andem! Irra, essas mulheres a vestirem-se fazem perder a paciência!

Florência (entrando) – Estamos prontas.

Ambrósio (vendo Carlos) – Oh, que fazes aqui?

Carlos (principia a passear pela sala de um para outro lado) – Não vê? Estou passeando; divirto-me.

Ambrósio – Como é lá isso?

Carlos (do mesmo modo) – Não é da sua conta.

Florência – Carlos, que modos são esses?

Carlos – Que modos são? São os meus.

Emília (à parte) – Ele se perde!

Florência – Estás doudo?

Carlos – Doudo estava alguém quando... Não me faça falar...

Florência – Hem?

Ambrósio – Deixe-o comigo. (*Para Carlos.*) Por que saíste do convento?

Carlos – Porque quis. Então não tenho vontade?

Ambrósio – Isso veremos. Já para o convento!

Carlos (rindo-se com força) – Ah, ah, ah!

Ambrósio – Ri-se?

Florência (ao mesmo tempo) – Carlos!

Emília – Primo!

Carlos – Ah, ah, ah!

Ambrósio (enfurecido) – Ainda uma vez, obedece-me, ou...

Carlos – Que cara! Ah, ah! (*Ambrósio corre para cima de Carlos.*)

Florência (metendo-se no meio) – Ambrosinho!

Ambrósio – Deixe-me ensinar a este malcriado...

Carlos – Largue-o, tia, não tenha medo.

Emília – Carlos!

Florência – Sobrinho, o que é isso?

Carlos – Está bom, não se amofinem tanto, voltarei para o convento.

Ambrósio – Ah, já?

Carlos – Já, sim senhor, quero mostrar a minha obediência.

Ambrósio – E que não fosse...

Carlos – Incorreria[47] no seu desagrado? Forte desgraça!...

Florência – Principias?

Carlos – Não senhora, quero dar uma prova de submissão ao senhor meu tio... É, meu tio, é... Casado com minha tia segunda vez... Quero dizer, minha tia é que se casou segunda vez.

Ambrósio (*assustando-se, à parte*) – O que diz ele?

Carlos (*que o observa*) – Não há dúvida...

Florência (*para Emília*) – O que tem hoje este rapaz?

Carlos – Não é assim, senhor meu tio? Venha cá, faça-me o favor, senhor meu tio. (*Travando-lhe do braço.*)

Ambrósio – Tira as mãos.

Carlos – Ora, faça-me o favor, senhor meu tio, quero-lhe mostrar uma coisa; depois farei o que quiser. (*Levando-o para a porta do quarto.*)

Florência – O que é isto?

Ambrósio – Deixa-me!

Carlos – Um instante. (*Retendo Ambrósio com uma mão, com a outra empurra a porta e aponta para dentro, dizendo.*) Vê!

Ambrósio (*afirmando a vista*) – Oh! (*Volta para junto de*

47. Na primeira edição, lê-se *Encorreria*. Corrigido por Darcy Damasceno.

Florência e de Emília, e as toma convulsivo pelo braço.)
Vamos, vamos, são horas!

Florência – O que é?

Ambrósio (*forcejando por sair e levá-las consigo*) – Vamos, vamos!

Florência – Sem chapéu?

Ambrósio – Vamos, vamos! (*Sai, levando-as.*)

Carlos – Então, senhor meu tio? Já não quer que eu vá para o convento? (*Depois que ele sai.*) Senhor meu tio, senhor meu tio? (*Vai à porta, gritando.*)

CENA XIII

Carlos, só, e depois Rosa.

Carlos (*rindo-se*) – Ah, ah, ah, agora veremos, e me pagarás… E minha tia também há de pagá-lo, para não se casar na sua idade e ser tão assanhada. E o menino, que não se contentava com uma!…

Rosa (*entrando*) – Então, Reverendíssimo?

Carlos – Então?

Rosa – Eu vi meu marido um instante e fugiu. Ouvi vozes de mulheres…

Carlos – Ah, ouviu? Muito estimo. E sabe de quem eram essas vozes?

Rosa – Eu tremo de adivinhar…

Carlos – Pois adivinhe logo de uma assentada... Eram da mulher de seu marido.

Rosa – É então verdade? Pérfido, traidor! Ah, desgraçada! (*Vai a cair desmaiada e Carlos a sustém nos braços.*)

Carlos – Desmaiada! Sra. D. Rosa? Fi-la bonita![48] Esta é mesmo de frade... Senhora, torne a si, deixe desses faniquitos! Olhe que aqui não há quem a socorra. Nada! E esta? Ó Juquinha? Juquinha? (*Juca entra, trazendo em uma mão um assobio de palha e tocando em outro.*) Deixa esses assobios sobre a mesa e vai lá dentro buscar alguma cousa para esta moça cheirar.

Juca – Mas o quê, primo?

Carlos – A primeira cousa que encontrares. (*Juca larga os assobios na mesa e sai correndo.*) Isto está muito bonito! Um frade com uma moça desmaiada nos braços. Valha-me Santo Antônio! O que diriam, se assim me vissem? (*Gritando-lhe ao ouvido*) Olá! – Nada.

Juca (*entra montado a cavalo em um arco de pipa, trazendo um galheteiro*) – Vim a cavalo para chegar mais depressa. Está o que achei.

Carlos – Um galheteiro, menino?

Juca – Não achei mais nada.

Carlos – Está bom, dá cá o vinagre. (*Toma o vinagre e o chega ao nariz de Rosa.*) Não serve; está na mesma. Toma... Vejamos se o azeite faz mais efeito. Isto parece-me salada... Azeite e vinagre. Ainda está mal tem-

---

48. Expressão idiomática caída em desuso e que equivale à atual "essa é boa!"

perada; venha a pimenta da Índia. Agora creio que não falta nada. Pior[49] é essa; a salada ainda não está boa! Ai, que não tem sal. Bravo, está temperada! Venha mais sal... Agora sim.

Rosa (*tornando a si*) – Onde estou eu?

Carlos – Nos meus braços.

Rosa (*afastando-se*) – Ah, Reverendíssimo!

Carlos – Não se assuste. (*Para Juca.*) Vai para dentro. (*Juca sai.*)

Rosa – Agora me recordo... Pérfido, ingrato!

Carlos – Não torne a desmaiar, que já não posso.

Rosa – Assim enganar-me! Não há leis, não há justiça?...

Carlos – Há tudo isso, e de sobra. O que não há é quem as execute[50]. (*Rumor na rua.*)

Rosa (*assustando-se*) – Ah!

Carlos – O que será isto? (*Vai à janela.*) Ah, com S. Pedro! (*À parte.*) O mestre de noviços seguido de meirinhos que me procuram... Não escapo...

Rosa – O que é, Reverendíssimo? De que se assusta?

Carlos – Não é nada. (*À parte.*) Estou arranjado! (*Chega à janela.*) Estão indagando na vizinhança... O que farei?

Rosa – Mas o que é? O quê?

Carlos (*batendo[51] na testa*) – Oh, só assim... (*Para Rosa*) Sabe o que é isto?

Rosa – Diga.

Carlos – É um poder de soldados e meirinhos que vem prendê-la por ordem de seu marido.

---

49. No texto da primeira edição, lê-se *Peior*.
50. Crítica de Martins Pena.
51. Na primeira edição, lê-se *batendo-lhe*. Corrigido por Darcy Damasceno.

Rosa – Jesus! Salve-me, salve-me!

Carlos – Hei de salvá-la; mas faça o que eu lhe disser.

Rosa – Estou pronta.

Carlos – Os meirinhos entrarão aqui e hão de levar por força alguma cousa – esse é o seu costume. O que é preciso é enganá-los.

Rosa – E como?

Carlos – Vestindo a senhora o meu hábito, e eu o seu vestido.

Rosa – Oh!

Carlos – Levar-me-ão preso; terá a senhora tempo de fugir.

Rosa – Mas...

Carlos – Ta, ta, ta... Ande, deixe-me fazer uma obra de caridade; para isso é que somos frades. Entre para este quarto, dispa lá o seu vestido e mande-me, assim como a touca[52] e xale. Ó Juca? Juca? (*Empurrando Rosa.*) Não se demore. (*Entra Juca.*) Juca, acompanha esta senhora e faze o que ela te mandar. Ande, senhora, com mil diabos! (*Rosa entra no quarto à esquerda, empurrada por Carlos.*)

CENA XIV

Carlos (*só*) – Bravo, esta é de mestre! (*Chegando à janela.*) Lá estão eles conversando com o vizinho do

52. No texto da primeira edição, lê-se *toca*.

armarinho[53]. Não tardarão a dar com o rato na ratoeira, mas o rato é esperto e os logrará. Então, vem o vestido?

Rosa (dentro) – Já vai.

Carlos – Depressa! O que me vale é ser o mestre de noviços catacego[54] e trazer óculos. Cairá na esparrela[55]. (*Gritando.*) Vem ou não?

Juca (traz o vestido, touca[56] e o xale) – Está.

Carlos – Bom. (*Despe o hábito.*) Ora vá, senhor hábito. Bem se diz que o hábito não faz o monge. (*Dá o hábito e o chapéu a Juca.*) Toma, leva à moça. (*Juca sai.*) Agora é que são elas… Isto é mangas? Diabo, por onde se enfia esta geringonça? Creio que é por aqui… Bravo, acertei. Belíssimo! Agora a touca. (*Põe a touca.*) Vamos ao xale… Estou guapo[57]; creio que farei a minha parte de mulher excelentemente. (*Batem na porta.*) São eles. (*Com voz de mulher.*) Quem bate?

Mestre (dentro) – Um servo de Deus.

Carlos (com a mesma voz) – Pode entrar quem é.

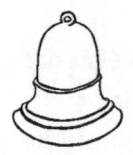

53. Loja de tecidos e artigos de costura.

54. Curto de vista.

55. Armadilha, logro, engano.

56. *Toca*, na primeira edição. Corrigimos outras duas ocorrências da mesma forma na fala seguinte.

57. Bonito.

Carlos, Mestre de Noviços e três meirinhos.

Mestre – Deus esteja nesta casa.

Carlos – Humilde serva de Vossa Reverendíssima...

Mestre – Minha senhora, terá a bondade de perdoar-me pelo incômodo que lhe damos, mas nosso dever...

Carlos – Incômodos, Reverendíssimo Senhor?

Mestre – Vossa Senhoria há de permitir que lhe pergunte se o noviço Carlos, que fugiu do convento...

Carlos – Psiu, calada!

Mestre – Hem?

Carlos – Está ali...

Mestre – Quem?

Carlos – O noviço...

Mestre – Ah!

Carlos – É preciso surpreendê-lo...[58]

Mestre – Estes senhores oficiais de justiça nos ajudarão.

Carlos – Muito cuidado. Este meu sobrinho dá-me um trabalho...

Mestre – Ah, a senhora é sua tia?

Carlos – Uma sua criada.

Mestre – Tenho muita satisfação.

Carlos – Não percamos tempo. Fiquem os senhores aqui do lado da porta, muito calados; eu chamarei o sobri-

58. *Sorpreendê-lo*, na primeira edição. Correção de Darcy Damasceno.

nho. Assim que ele sair, não lhe deem[59] tempo de fugir; lancem-se de improviso sobre ele e levem-no à força.

Mestre – Muito bem.

Carlos – Diga ele o que disser, grite como gritar, não façam caso, arrastem-no.

Mestre – Vamos a isso.

Carlos – Fiquem aqui. (*Coloca-os junto à porta da esquerda.*) Atenção. (*Chamando para dentro.*) Psiu! Psiu! Saia cá para fora, devagarinho! (*Prevenção.*)

CENA XVI

*Os mesmos e Rosa vestida de frade
e chapéu na cabeça.*

Rosa (*entrando*) – Já se foram? (*Assim que ela aparece, o Mestre e os meirinhos se lançam sobre ela e procuram carregar até fora.*)

Mestre – Está preso. Há de ir. É inútil resistir. Assim não se foge… (*Etc., etc.*)

Rosa (*lutando sempre*) – Ai, ai, acudam-me! Deixem-me! Quem me socorre? (*Etc.*)

Carlos – Levem-no, levem-no. (*Algazarra de vozes; todos falam ao mesmo tempo etc. Carlos, para aumentar*

---

59. *Dêm*, na primeira edição. Correção de Darcy Damasceno.

o ruído, toma um assobio que está sobre a mesa e toca. Juca também entra nessa ocasião etc. Execução.)

FIM DO PRIMEIRO ATO

❧ Segundo Ato ❧

A mesma sala do primeiro ato.

CENA I

*Carlos, ainda vestido de mulher, está
sentado, e Juca à janela.*

Carlos – Juca, toma sentido; assim que avistares teu padrasto lá no fim da rua, avisa-me.

Juca – Sim, primo.

Carlos – No que dará tudo isto? Qual será a sorte de minha tia? Que lição! Desanda tudo em muita pancadaria. E a outra, que foi para o convento?… Ah, ah, ah, agora é que me lembro dessa! Que confusão entre os frades, quando ela se der a conhecer! (*Levantando-se.*) Ah, ah, ah, parece-me que estou vendo o D. Abade horrorizado, o mestre de noviços limpando os óculos de boca aberta, Frei Maurício, o folgazão, a rir-se às gargalhadas, Frei Sinfrônio, o austero, levantando os olhos para o céu abismado, e os noviços todos fazendo roda, coçando o cachaço. Ah, que festa perco eu! Enquanto eu lá estive ninguém lembrou-se de dar-me semelhante divertimento. Estúpidos! Mas, o fim de tudo isto? O fim?...

Juca (da janela) – Primo, aí vem ele!

Carlos – Já? (*Chega à janela.*) É verdade. E com que pressa! (*Para Juca.*) Vai tu para dentro. (*Juca sai.*) E eu ainda deste modo, com este vestido... Se eu sei o que hei de fazer?... Sobe a escada... Dê no que der... (*Entra no quarto onde esteve Rosa.*)

CENA II

Entra Ambrósio; mostra no semblante alguma agitação.

Ambrósio – Lá as deixei no Carmo. Entretidas com o ofício, não darão falta de mim. É preciso, e quanto antes, que eu fale com esta mulher. É ela, não há dúvida... Mas como soube que eu aqui estava? Quem lhe disse? Quem a trouxe? Foi o diabo, para a minha perdição. Em um momento pode tudo mudar; não se perca tempo. (*Chega à porta do quarto.*) Senhora, queira ter a bondade de sair cá para fora.

CENA III

Entra Carlos, cobrindo o rosto com um lenço.
Ambrósio encaminha-se para o meio da sala,
sem olhar para ele, e assim lhe fala.

Ambrósio – Senhora, muito bem conheço as vossas intenções; porém previno-vos que muito vos enganastes[1].

Carlos (suspirando) – Ai, ai!

Ambrósio – Há seis anos que vos deixei; tive para isso motivos muito poderosos...

Carlos (à parte) – Que tratante!

Ambrósio – E o meu silêncio, depois desse tempo, devia ter-vos feito conhecer que nada mais existe de comum entre nós.

Carlos (fingindo que chora) – Hi, hi, hi...

Ambrósio – O pranto não me comove. Jamais podemos viver juntos... Fomos casados, é verdade, mas que importa?

Carlos (no mesmo) Hi, hi, hi...

Ambrósio – Estou resolvido a viver separado de vós.

Carlos (à parte) – E eu também...

Ambrósio – E para esse fim, empreguei todos os meios, todos, entendeis-me? (*Carlos cai de joelhos aos pés de Ambrósio, e agarra-se as pernas dele, chorando.*) Não valem súplicas. Hoje mesmo deixareis esta cidade; senão, serei capaz de um grande crime. O sangue não me aterra, e ai de quem me resiste! Levantai-vos e parti.

---

1. Na primeira edição, *enganasteis*.

(Carlos puxa as pernas de Ambrósio, dá com ele no chão e levanta-se, rindo-se.) Ai!

Carlos – Ah, ah, ah!

Ambrósio (levanta-se muito devagar, olhando muito admirado para Carlos, que se ri) – Carlos! Carlos!

Carlos – Senhor meu tio! Ah, ah, ah!

Ambrósio – Mas então o que é isto?

Carlos – Ah, ah, ah!

Ambrósio – Como te achas aqui assim vestido?

Carlos – Este vestido, senhor meu tio... Ah, ah!

Ambrósio – Maroto!

Carlos – Tenha-se lá! Olhe que eu chamo por ela.

Ambrósio – Ela quem, brejeiro?

Carlos – Sua primeira mulher.

Ambrósio – Minha primeira mulher? É falso.

Carlos – É falso?

Ambrósio – É.

Carlos – E será também falsa esta certidão do vigário da freguesia de... *(Olhando para a certidão.)* Maranguape, no Ceará, em que se prova que o senhor meu tio recebeu-se... *(lendo)* em santo matrimônio, à face da Igreja, com D. Rosa Escolástica, filha de Antônio Lemos etc., etc.? Sendo testemunhas etc.

Ambrósio – Dá-me esse papel!

Carlos – Devagar...

Ambrósio – Dá-me esse papel!

Carlos – Ah, o senhor meu tio encrespa-se. Olhe que a tia não está em casa, e eu sou capaz de lhe fazer o mesmo que fiz ao D. Abade.

Ambrósio – Aonde está ela?

Carlos – Em lugar que aparecerá quando eu ordenar.

Ambrósio – Ainda está naquele quarto; não teve tempo de sair.

Carlos – Pois vá ver. (*Ambrósio sai apressado.*)

CENA IV

Carlos (*só*) – Procure bem. Deixa estar, meu espertalhão, que agora te hei de eu apertar a corda na garganta. Estais[2] em meu poder; queres roubar-nos... (*Gritando.*) Procure bem; talvez esteja dentro das gavetinhas do espelho. Então? Não acha?

CENA V

O mesmo e Ambrósio.

Ambrósio (*entrando*) – Estou perdido!

Carlos – Não achou?

Ambrósio – O que será de mim?

Carlos – Talvez se escondesse em algum buraquinho de rato.

Ambrósio (*caindo sentado*) – Estou perdido, perdido! Em um momento tudo se transtornou. Perdido para sempre!

Carlos – Ainda não, porque eu posso salvá-lo.

---

2. Assim no texto, por *Estás* (nota de Darcy Damasceno).

Ambrósio – Tu?

Carlos – Eu, sim.

Ambrósio – Carlinho!

Carlos – Já?

Ambrósio – Carlinho!

Carlos – Ora vejam como está terno!

Ambrósio – Por tua vida, salvai-me![3]

Carlos – Eu salvarei, mas debaixo de certas condições...

Ambrósio – E quais são elas?

Carlos – Nem eu nem o primo Juca queremos ser frades...

Ambrósio – Não serão.

Carlos – Quero casar-me com minha prima...

Ambrósio – Casarás.

Carlos – Quero a minha legítima...

Ambrósio – Terás a tua legítima.

Carlos – Muito bem.

Ambrósio – E tu me prometes que nada dirás à tua tia do que sabes?

Carlos – Quanto a isso pode estar certo. (*À parte.*) Veremos...

Ambrósio – Agora dize-me, onde ela está?

Carlos – Não posso, o segredo não é meu.

Ambrósio – Mas dá-me a tua palavra de honra que ela saiu desta casa?

Carlos – Já saiu, palavra de mulher honrada.

Ambrósio – E que nunca mais voltará?

Carlos – Nunca mais. (*À parte.*) Isto é, se quiserem ficar com ela lá no convento, em meu lugar.

---

3. Assim no texto (Darcy Damasceno), por *salva-me*.

Ambrósio – Agora dá-me esse papel.

Carlos – Espere lá; o negócio não vai assim. Primeiro hão de cumprir-se as condições.

Ambrósio – Carlinho, dá-me esse papel!

Carlos – Não pode ser.

Ambrósio – Dá-mo, por quem és!

Carlos – Pior[4] é a seca.

Ambrósio – Eis-me a teus pés. (*Ajoelha-se; nesse mesmo tempo aparece à porta Florência e Emília, as quais caminham para ele pé ante pé.*)

Carlos – Isso é teima; levante-se!

Ambrósio – Não me levantarei enquanto mo não deres. Para que o queres tu? Farei tudo quanto quiseres, nada me custará para servir-te. Minha mulher fará tudo quanto ordenares; dispõe dela.

Florência – A senhora pode dispor de mim, pois não…

Ambrósio – Ah! (*Levanta-se espavorido.*)

Carlos (*à parte*) – Temo-la!

Florência (*para Ambrósio*) – Que patifaria é essa? Em minha casa e às minhas barbas, aos pés de uma mulher! Muito bem!

Ambrósio – Florência!

Florência – Um dardo que te parta! (*Voltando-se para Carlos*) E quem é a senhora?

Carlos (*com a cara baixa*) – Sou uma desgraçada!

Florência – Ah, é uma desgraçada… Seduzindo um homem casado! Não sabe que… (*Carlos que encara com ela, que rapidamente tem suspendido a palavra e, como*

---

4. No texto da primeira edição, lê-se *Peior*.

assombrada, principia a olhar para ele, que ri-se.) Carlos! Meu sobrinho!

Emília – O primo!

Carlos – Sim, tiazinha; sim, priminha.

Florência – Que mascarada é essa?

Carlos – É uma comédia que ensaiávamos para Sábado de Aleluia.

Florência – Uma comédia?

Ambrósio – Sim, era uma comédia, um divertimento, uma surpresa. Eu e o sobrinho arranjávamos isso... Bagatela, não é assim, Carlinho? Mas então vocês não ouviram o ofício até o fim? Quem pregou?

Florência (*à parte*) – Isto não é natural... Aqui há cousa.

Ambrósio – A nossa comédia era mesmo sobre isso.

Florência – O que está o senhor a dizer?

Carlos (*à parte*) – Perdeu a cabeça. (*Para Florência.*) Tia, basta que saiba que era uma comédia. E antes de principiar o ensaio o tio deu-me a sua palavra que eu não seria frade. Não é verdade, tio?

Ambrósio – É verdade. O rapaz não tem inclinação, e para que obrigá-lo? Seria crueldade.

Florência – Ah!

Carlos – E que a prima não seria também freira, e que se casaria comigo.

Florência – É verdade, Sr. Ambrósio?

Ambrósio – Sim, para que constranger estas duas almas? Nasceram um para o outro; amam-se. É tão bonito ver um tão lindo par!

Florência – Mas, Sr. Ambrósio, e o mundo, que o senhor dizia que era um pélago, um sorvedouro e não sei o que mais?

Ambrósio – Oh, então eu não sabia que estes dous pombinhos se amavam, mas agora que o sei, seria horrível barbaridade. Quando se fecham as portas de um convento sobre um homem, ou sobre uma mulher que leva dentro do peito uma paixão como ressentem estes dous inocentes, torna-se o convento abismo incomensurável de acerbos males, fonte perene de horríssonas desgraças, perdição do corpo e da alma; e o mundo, se nele[5] ficassem, jardim ameno, suave encanto da vida, tranquila paz da inocência, paraíso terrestre. E assim sendo, mulher, quererias tu que sacrificasse tua filha e teu sobrinho?

Florência – Oh, não, não.

Carlos (à parte) – Que grande patife!

Ambrósio – Tua filha, que faz parte de ti?

Florência – Não falemos mais nisso. O que fizeste está muito bem-feito.

Carlos – E em reconhecimento de tanta bondade, faço cessão de metade dos meus bens em favor do senhor meu tio e aqui lhe dou a escritura. (*Dá-lhe a certidão de Rosa.*)

Ambrósio (saltando para tomar a certidão) – Caro sobrinho! (*Abraça-o.*) E eu, para mostrar o meu desinteresse, rasgo esta escritura. (*Rasga, e à parte.*) Respiro!

Florência – Homem generoso! (*Abraça-o.*)

Ambrósio (abraçando-a e à parte) – Mulher toleirona!

Carlos (abraçando Emília) – Isto vai de roda...

Emília – Primo!

---

5. *Nela*, no texto da primeira edição. Corrigido por Darcy Damasceno.

Carlos – Priminha, seremos felizes!

Florência – Abençoada seja a hora em que eu te escolhi para meu esposo! Meus caros filhos, aprendei comigo a guiar-vos com prudência na vida. Dous anos estive viúva e não me faltaram pretendentes. Viúva rica… Ah, são vinte cães a um osso. Mas eu tive juízo e critério; soube distinguir o amante interesseiro do amante sincero. Meu coração falou por este homem honrado e probo.

Carlos – Acertadíssima escolha!

Florência – Chega-te para cá, Ambrosinho, não te envergonhes; mereces os elogios que te faço.

Ambrósio (à parte) – Estou em brasas…

Carlos – Não se envergonhe, tio. Os elogios são merecidos. (*À parte.*) Está em talas…

Florência – Ouves o que diz o sobrinho? Tens modéstia? É mais uma qualidade. Como sou feliz!

Ambrósio – Acabemos com isso. Os elogios assim à queima-roupa perturbam-me.

Florência – Se os mereces…

Ambrósio – Embora.

Carlos – Oh, o tio os merece, pois não. Olhe, tia, aposto eu que o tio Ambrósio em toda a sua vida só tem amado a tia…

Ambrósio – Decerto! (*À parte.*) Quer fazer-me alguma.

Florência – Ai, vida da minha alma!

Ambrósio (à parte) – O patife é muito capaz…

Carlos – Mas nós, os homens, somos tão falsos – assim dizem as mulheres –, que não admira que o tio…

Ambrósio (interrompendo-o) – Carlos, tratemos da promessa que te fiz.

Carlos – É verdade; tratemos da promessa. (*À parte.*) Tem medo, que se pela!

Ambrósio – Irei hoje mesmo ao convento falar ao D. Abade, e dir-lhe-ei que temos mudado de resolução a teu respeito. E de hoje a quinze dias, senhora, espero ver esta sala brilhantemente iluminada e cheia de alegres convidados para celebrarem o casamento de nosso sobrinho Carlos com minha cara enteada. (*Aqui entra pelo fundo o mestre dos noviços, seguido dos meirinhos e permanentes, encaminhando-se para a frente do teatro.*)

Carlos – Enquanto assim praticardes, tereis em mim um amigo.

Emília – Senhor, ainda que não possa explicar a razão de tão súbita mudança, aceito a felicidade que me propondes, sem raciocinar. Darei a minha mão a Carlos, não só para obedecer a minha mãe, como porque muito o amo.

Carlos – Cara priminha, quem será capaz agora de arrancar-me de teus braços?

Mestre (*batendo-lhe o ombro*) – Estais preso. (*Espanto dos que estão em cena.*)

CENA VI

Carlos – O que é lá isso? (*Debatendo-se logo que o agarram.*)

Mestre – Levai-o.

Carlos – Deixem-me!

Florência – Reverendíssimo, meu sobrinho...

Mestre – Paciência, senhora. Levem-no.

Carlos (*debatendo-se*) – Larguem-me, com todos os diabos!

Emília – Primo!

Mestre – Arrastem-no.

Ambrósio – Mas, senhor...

Mestre – Um instante... Para o convento, para o convento.

Carlos – Minha tia, tio Ambrósio! (*Sai arrastado. Emília cai sentada em uma cadeira; o Padre-mestre fica em cena.*)

CENA VII

Ambrósio, Mestre de Noviços, Florência e Emília

Florência – Mas senhor, isto é uma violência!

Mestre – Paciência...

Florência – Paciência, paciência? Creio que tenho tido bastante. Ver assim arrastar meu sobrinho, como se fosse um criminoso?

Ambrósio – Espera, Florência, ouçamos o Reverendíssimo. Foi, sem dúvida, por ordem do Sr. D. Abade que Vossa Reverendíssima veio prender nosso sobrinho?

Mestre – Não tomara sobre mim tal trabalho, se não fora por expressa ordem do D. Abade, a quem devemos todos obediência. Vá ouvindo como esse moço zombou de seu mestre. Disse-me a tal senhora, pois tal a supunha eu... Ora, fácil foi enganar-me... Além de ter má vista, tenho muito pouca prática de senhoras...

Ambrósio – Sabemos disso.

Mestre – Disse-me a tal senhora que o noviço Carlos estava naquele quarto.

Ambrósio – Naquele quarto?

Mestre – Sim senhor, e ali mandou-nos esperar em silêncio. Chamou pelo noviço, e assim que ele saiu lançamo-
-nos sobre ele e à força o arrastamos para o convento.

Ambrósio (*assustado*) – Mas a quem, senhor, a quem?

Mestre – A quem?

Florência – Que trapalhada é essa?

Ambrósio – Depressa!

Mestre – Cheguei ao convento, apresentei-me diante do
D. Abade, com o noviço prisioneiro, e então... Ah!

Ambrósio – Por Deus, mais depressa!

Mestre – Ainda me coro de vergonha. Então conheci que
tinha sido vilmente enganado.

Ambrósio – Mas quem era o noviço preso?

Mestre – Uma mulher vestida de frade.

Florência – Uma mulher?

Ambrósio (*à parte*) – É ela!

Mestre – Que vergonha, que escândalo!

Ambrósio – Mas onde está essa mulher? Para onde foi? O
que disse? Onde está? Responda!

Mestre – Tende paciência. Pintar-vos a confusão em que
por alguns instantes esteve o convento, é quase impossível. O D. Abade, ao conhecer que o noviço preso era
uma mulher, pelos longos cabelos que ao tirar o chapéu lhe caíram sobre os ombros, deu um grito de hor-
ror. Toda a comunidade acorreu[6] e grande foi então

---

6. *Ocorreu*, no texto (Darcy Damasceno).

a confusão. Um gritava: Sacrilégio! Profanação! Outro ria-se; este interrogava; aquele respondia ao acaso... Em menos de dois segundos a notícia percorreu todo o convento, mas alterada e aumentada. No refeitório dizia-se que o diabo estava no coro, dentro dos canudos do órgão; na cozinha julgava-se que o fogo lavrava nos quatro ângulos do edifício; qual, pensava que D. Abade tinha caído da torre abaixo; qual, que fora arrebatado para o céu. Os sineiros, correndo para as torres, puxavam como energúmenos[7] pelas cordas dos sinos, os porteiros fecharam as portas com horrível estrondo: os responsos[8] soaram de todos os lados, e a algazarra dos noviços dominava esse ruído infernal, causado por uma única mulher. Oh, mulheres!

Ambrósio – Vossa Reverendíssima faz o seu dever; estou disso bem certo.

Florência – Mas, julgamos necessário declarar a Vossa Reverendíssima que estamos resolvidos a tirar nosso sobrinho do convento.

Mestre – Nada tenho eu com essa resolução. Vossa Senhoria entender-se-á a esse respeito com o D. Abade.

Florência – O rapaz não tem inclinação nenhuma para frade.

Ambrósio – E seria uma crueldade violentar-lhe o gênio.

Mestre – O dia em que o Sr. Carlos sair do convento será para mim dia de descanso. Há doze anos que sou mestre de noviços e ainda não tive para doutrinar rapaz mais endiabrado. Não se passa um só dia em que se

---

7. Endemoniados, possessos.
8. Orações a Santo Antônio para afastar um mal que se teme.

não tenha de lamentar alguma travessura desse moço. Os noviços, seus companheiros, os irmãos leigos e os domésticos do convento temem-no como se teme a um touro bravo. Com todos moteja[9] e a todos espanca.

Florência – Foi sempre assim, desde pequeno.

Mestre – E se o conheciam, senhores, para que o obrigaram a entrar no convento, a seguir uma vida em que se requer tranquilidade de gênio?

Florência – Oh, não foi por meu gosto; meu marido é que persuadiu-me.

Ambrósio (com hipocrisia) – Julguei assim fazer um serviço agradável a Deus.

Mestre – Deus, senhores, não se compraz com sacrifícios alheios. Sirva-o cada um com seu corpo e alma, porque cada um responderá pelas suas obras.

Ambrósio (com hipocrisia) – Pequei, Reverendíssimo, pequei, humilde peço perdão.

Mestre – Esse moço foi violentamente constrangido e o resultado é a confusão em que está a casa de Deus.

Florência – Mil perdões, Reverendíssimo, pelo incômodo que lhe temos dado.

Mestre – Incômodos? Para eles nascemos nós... passam desapercebidos, e demais, ficam de muros para dentro. Mas hoje houve escândalo, e escândalo público.

Ambrósio – Escândalo público?

Florência – Como assim?

Mestre – O noviço Carlos, depois de uma contenda com o D. Abade, deu-lhe uma cabeçada e o lançou por terra.

9. Zomba.

Florência – Jesus, Maria, José!

Ambrósio – Que sacrilégio!

Mestre – E fugiu ao merecido castigo. Fui mandado em seu alcance... Requisitei força pública, e aqui chegando, encontrei uma senhora.

Florência – Aqui, uma senhora?

Mestre – E que se dizia sua tia.

Florência – Ai!

Ambrósio – Era ele mesmo.

Florência – Que confusão, meu Deus!

Ambrósio – Mas essa mulher, essa mulher? O que é feito dela?

Mestre – Uma hora depois, que tanto foi preciso para acalmar a agitação, o D. Abade perguntou-lhe como ela ali se achava vestida com o hábito da Ordem.

Ambrósio – E ela que disse?

Mestre – Que tinha sido traída por um frade, que debaixo do pretexto de a salvar, trocara o seu vestido pelo hábito que trazia.

Ambrósio – E nada mais?

Mestre – Nada mais; e fui encarregado de prender de novo a todo o custo o noviço Carlos. E tenho cumprido a minha missão. O que ordenam a este servo de Deus?

Ambrósio – Espere, Reverendíssimo, essa mulher já saiu do convento?

Mestre – No convento não se demoram mulheres.

Ambrósio – Que caminho tomou? Para onde foi? O que disse ao sair?

Mestre – Nada sei.

Ambrósio (*à parte*) – O que me espera?

Florência (*à parte*) – Aqui há segredo...

Mestre – Às vossas determinações...

Florência – Uma serva de Vossa Reverendíssima.

Mestre (*para Florência*) – Quanto à saída de seu sobrinho do convento, com o D. Abade se entenderá.

Florência – Nós o procuraremos. (*Mestre sai e Florência acompanha-o até à porta; Ambrósio está como abismado.*)

CENA VIII

Emília, Ambrósio e Florência.

Emília (*à parte*) – Carlos, Carlos, o que será de ti e de mim ?

Ambrósio (*à parte*) – Se ela agora aparece! Se Florência desconfia... Estou metido em boas! Como evitar, como? Oh, decididamente estou perdido. Se a pudesse encontrar... Talvez súplicas, ameaças, quem sabe? Já não tenho cabeça. Que farei? De uma hora para outra aparece-me ela... (*Florência bate-lhe no ombro.*) Ei-la! (*Assustando-se.*)

Florência – Agora nós. (*Para Emília*) Menina, vai para dentro. (*Vai-se Emília.*)

CENA IX

Ambrósio e Florência.

Ambrósio (*à parte*) – Temos trovoada grossa...

Florência – Quem era a mulher que estava naquele quarto?

Ambrósio – Não sei.

Florência – Sr. Ambrósio, quem era a mulher que estava naquele quarto?

Ambrósio – Florência, já te disse, não sei. São cousas de Carlos.

Florência – Sr. Ambrósio, quem era a mulher que estava naquele quarto?

Ambrósio – Como queres que eu to diga, Florencinha?

Florência – Ah, não sabe? Pois bem, então explique-me: por que razão mostrou-se tão espantado, quando Carlos o levou à porta daquele quarto e mostrou-lhe quem estava dentro?

Ambrósio – Pois eu espantei-me?

Florência – A ponto de levar-me quase de rastos para a igreja, sem chapéu, lá deixar-me e voltar para casa apressado.

Ambrósio – Qual! Foi por...

Florência – Não estude uma mentira, diga depressa.

Ambrósio – Pois bem, direi. Eu conheço essa mulher.

Florência – Ah! E então quem é ela?

Ambrósio – Queres saber quem é ela? É muito justo, mas aí é que está o segredo.

Florência – Segredos comigo?

Ambrósio – Oh, contigo não pode haver segredo, és a minha mulherzinha. (*Quer abraçá-la.*)

Florência – Tenha-se lá; quem era a mulher?

Ambrósio (*à parte*) – Não sei o que lhe diga...

Florência – Vamos!

Ambrósio – Essa mulher... Sim, essa mulher que há pouco estava naquele quarto, foi amada por mim.

Florência – Por ti?

Ambrósio – Mas nota que digo: foi amada; e o que foi, já não é.

Florência – Seu nome?

Ambrósio – Que importa o nome? O nome é uma voz com que se dão a conhecer as cousas... Nada vale; o indivíduo é tudo... Tratemos do indivíduo. (*À parte.*) Não sei como continuar.

Florência – Então, e que mais?

Ambrósio – Amei a essa mulher. Amei, sim, amei. Essa mulher foi por mim amada, mas então ainda não te conhecia. Oh, e quem ousará criminar a um homem por embelezar-se de uma estrela antes de ver a lua, quem? Ela era a estrela e tu és a lua. Sim, minha Florencinha, tu és a minha lua cheia e eu sou teu satélite.

Florência – Oh, não me convence assim...

Ambrósio (*à parte*) – O diabo que convença a uma mulher! (*Alto.*) Florencinha, encanto da minha vida, estou diante de ti como diante do confessionário, com uma mão sobre o coração e com a outra... Onde queres que ponha a outra?

Florência – Ponha lá aonde quiser...

Ambrósio – Pois bem, com ambas sobre o coração, dir-te-

-ei: só tu és o meu único amor, minhas delícias, minha vida... (*À parte.*) e minha burra![10]

Florência – Se eu pudesse acreditar!...

Ambrósio – Não podes porque não queres. Basta um bocado de boa vontade. Se fiquei aterrorizado ao ver essa mulher, foi por prever os desgostos que terias, se aí a visses.

Florência – Se teme que eu a veja, é porque ainda a ama.

Ambrósio – Amá-la, eu? Ah, desejava que ela estivesse mais longe de mim do que o cometa que apareceu o ano passado.

Florência – Oh, meu Deus, se eu pudesse crer!

Ambrósio (*à parte*) – Está meia[11] convencida...

Florência – Se eu o pudesse crer! (*Rosa entra vestida de frade, pelo fundo, para e observa.*)

Ambrósio (*com animação*) – Estes raios brilhantes e aveludados de teus olhos ofuscam o seu olhar acanhado e esgateado[12]. Estes negros e finos cabelos varrem da minha ideia as suas emaranhadas melenas cor de fogo. Esta mãozinha torneada (*pega-lhe na mão*), este colo gentil, esta cintura flexível e delicada fazem-me esquecer os grosseiros encantos dessa mulher que... (*Nesse momento dá com os olhos em Rosa; sai recuando pouco a pouco.*)

Florência – O que tens? De que te espantas?

Rosa (*adiantando-se*) – Senhora, este homem pertence-me.

10. Cofre.
11. Assim no texto (Darcy Damasceno), por *meio*.
12. Semelhante ao de gato.

Florência – E quem é Vossa Reverendíssima?

Rosa (*tirando o chapéu, que faz cair os cabelos*) – Sua primeira mulher.

Florência – Sua primeira mulher?

Rosa (*dando-lhe a certidão*) – Leia. (*Para Ambrósio*) Conheceis-me, senhor? Há seis anos que nos não vemos, e quem diria que assim nos encontraríamos? Nobre foi o vosso proceder!… Oh, para que não enviastes um assassino para esgotar o sangue destas veias e arrancar a alma deste corpo? Assim devíeis ter feito, porque então eu não estaria aqui para vingar-me, traidor!

Ambrósio (*à parte*) – O melhor é deitar a fugir. (*Corre para o fundo. Prevenção.*)

Rosa – Não o deixem fugir! (*Aparecem à porta meirinhos, os quais prendem Ambrósio.*)

Meirinho – Está preso!

Ambrósio – Ai! (*Corre por toda a casa etc. Enquanto isto se passa, Florência tem lido a certidão.*)

Florência – Desgraçada de mim, estou traída! Quem me socorre? (*Vai para sair, encontra-se com Rosa.*) Ah, para longe, para longe de mim! (*Recuando.*)

Rosa – Senhora, a quem pertencerá ele? (*Execução.*)

FIM DO SEGUNDO ATO

✂ Terceiro Ato ✂

*Quarto em casa de Florência: mesa, cadeiras etc. etc.,
armário, uma cama grande com cortinados, uma mesa
pequena com um castiçal com vela acesa. É noite.*

CENA I

*Florência deitada, Emília sentada junto dela, Juca vestido de
calça, brincando com um carrinho pela sala.*

Florência – Meu Deus, meu Deus, que bulha[1] faz este
menino!

Emília – Maninho, estais fazendo muita bulha a mamãe...

Florência – Minha cabeça! Vai correr lá para dentro...

Emília – Anda, vai para dentro, vai para o quintal. (*Juca
sai com o carrinho.*)

Florência – Parece que me estala a cabeça... São umas
marteladas aqui nas fontes. Ai, que não posso! Morro desta!...

---

1. Barulho.

Emília – Minha mãe, não diga isso, seu incômodo passará.

Florência – Passará? Morro, morro... (*Chorando*) Hi...
(*Etc.*)

Emília – Minha mãe!

Florência (*chorando*) – Ser assim traída, enganada! Meu
Deus, quem pode resistir? Hi, hi!

Emília – Para que tanto se aflige? Que remédio? Ter paciência e resignação.

Florência – Um homem em quem havia posto toda a minha confiança, que eu tanto amava... Emília, eu o amava muito!

Emília (*à parte*) – Coitada!

Florência – Enganar-me deste modo! Tão indignamente, casado com outra mulher. Ah, não sei como não
arrebento...

Emília – Tranquilize-se, minha mãe.

Florência – Que eu supunha desinteressado... Entregar-
-lhe todos os meus bens, assim iludir-me... Que malvado, que malvado!

Emília – São horas de tomar o remédio. (*Toma uma
garrafa de remédio, deita-o em uma xícara e dá a
Florência.*)

Florência – Como os homens são falsos! Uma mulher não
era capaz de cometer ação tão indigna. O que é isso?

Emília – O cozimento que o doutor receitou.

Florência – Dá cá. (*Bebe.*) Ora, de que servem esses remé-
dios? Não fico boa; a ferida é no coração...

Emília – Há de curar-se.

Florência – Olha, filha, quando eu vi diante de mim essa
mulher, senti uma revolução que te não sei explicar...

um atordoamento, uma zoada, que há oito dias me tem pregado nesta cama.

Emília – Eu estava no meu quarto, quando ouvi gritos na sala. Saí apressada e no corredor encontrei-me com meu padrasto...

Florência – Teu padrasto?

Emília – ...que passando como uma flecha por diante de mim, dirigiu-se para o quintal, e saltando o muro, desapareceu. Corri para a sala...

Florência – E aí encontraste-me banhada em lágrimas. Ela já tinha saído, depois de ameaçar-me. Ah, mas eu hei de ficar boa para vingar-me!

Emília – Sim, é preciso ficar boa, para vingar-se.

Florência – Hei de ficar. Não vale a pena morrer por um traste daquele!

Emília – Que dúvida!

Florência – O meu procurador[2] disse-me que o tratante está escondido, mas que já há mandado de prisão contra ele. Deixa estar. Enganar-me, obrigar-me a que te fizesse freira, constranger a inclinação de Carlos...

Emília – Oh, minha mãe, tenha pena do primo... O que não terá ele sofrido, coitado!

Florência – Já esta manhã mandei falar ao D. Abade por pessoa de consideração, e além disso, tenho uma carta que lhe quero remeter, pedindo-lhe que me faça o obséquio de aqui mandar um frade respeitável para de viva voz tratar comigo este negócio.

Emília – Sim, minha boa mãezinha.

2. Advogado.

Florência – Chama o José.

Emília (chamando) – José? José? E a mamãe julga que o primo poderá estar em casa hoje?

Florência – És muito impaciente... Chama o José.

Emília – José?

CENA II

As mesmas e José.

José – Minha senhora...

Florência – José, leva esta carta ao convento. Onde está o Sr. Carlos, sabes?

José – Sei, minha senhora.

Florência – Procura pelo Sr. D. Abade, e lha entrega de minha parte.

José – Sim, minha senhora.

Emília – Depressa! (*Sai José.*)

Florência – Ai, ai!

Emília – Tomara vê-lo já!

Florência – Emília, amanhã lembra-me para pagar as soldadas[3] que devemos ao José e despedi-lo do nosso serviço. Foi metido aqui em casa pelo tratante, e só por esse fato já desconfio dele... Lé com lé, cré com

3. Salário.

cré… Nada; pode ser algum espião que tenhamos em casa…

Emília – Ele parece-me bom moço.

Florência – Também o outro parecia-me bom homem. Já não me fio em aparências.

Emília – Tudo pode ser.

Florência – Vai ver aquilo lá por dentro como anda, que minhas escravas pilhando-me de cama fazem mil diabruras.

Emília – E fica só?

Florência – Agora estou melhor, e se precisar de alguma cousa, tocarei a campainha. (*Sai Emília.*)

CENA III

Florência (*só*) – Depois que mudei a cama para este quarto que foi do sobrinho Carlos, passo melhor… No meu, todos os objetos faziam-me recordar aquele pérfido. Ora, os homens são capazes de tudo, até de terem duas mulheres… E três, e quatro, e duas dúzias… Que demônios! Há oito dias que estou nesta cama; antes tivesse morrido. E ela, essa mulher infame, onde estará? E outra que tal… Oh, mas que culpa tem ela? Mais tenho eu, já que fui tão tola, tão tola, que casei-me sem indagar quem ele era. Queira Deus que este exemplo aproveite a muitas incautas! Patife, agora anda escondido… Ai, estou cansada… (*Deita-se.*) Mas não escapará da cadeia… seis anos de cadeia… assim me disse o procurador. Ai, minha cabeça! Se eu pudesse dormir um pouco. Ai, ai, as mulheres neste mundo… estão sujeitas… a… muito… ah! (*Dorme.*)

CENA IV

Carlos entra pelo fundo, apressado;
traz o hábito roto e sujo.

Carlos – Não há grades que me prendam, nem muros que me retenham. Arrombei grades, saltei muros e eis-me aqui de novo. E lá deixei parte do hábito, esfolei os joelhos e as mãos. Estou em belo estado! Ora, para que ateimam[4] comigo? Por fim, lanço fogo ao convento e morrem todos os frades assados, e depois queixem-se. Estou no meu antigo quarto, ninguém me viu entrar. Ah, que cama é esta? É da tia... Estará... Ah, é ela... e dorme... Mudou de quarto? O que se terá passado nesta casa há oito dias? Estive preso, incomunicável, a pão e água. Ah, frades! Nada sei. O que será feito da primeira mulher do senhor meu tio, desse grande patife? Onde estará a prima? Como dorme! Ronca que é um regalo! (*Batem palmas.*) Batem! Serão eles, não tem dúvida. Eu acabo por matar um frade...

Mestre (*dentro*) – Deus esteja nesta casa.

Carlos – É o padre-mestre! Já deram pela minha fugida...

Mestre (*dentro*) – Dá licença?

Carlos – Não sou eu decerto que ta hei de dar. Escondamo-nos, mas de modo que ouça o que ele diz... Debaixo da cama... (*Esconde-se.*)

Mestre (*dentro, batendo com força*) – Dá licença?

Florência (*acordando*) – Quem é? Quem é?

4. O mesmo que "teimam".

Mestre (*dentro*) – Um servo de Deus!
Florência – Emília? Emília? (*Toca a campainha.*)

CENA V

Entra Emília.

Emília – Minha mãe...
Florência – Lá dentro estão todos surdos? Vai ver quem está na escada batendo. (*Emília sai pelo fundo.*) Acordei sobressaltada... Estava sonhando que o meu primeiro marido enforcava o segundo e era muito bem enforcado...

CENA VI

Entra Emília com o Padre-mestre.

Emília – Minha mãe, é o Sr. Padre-mestre. (*À parte.*) Ave de agouro!
Florência – Ah!
Mestre – Desculpe-me, minha senhora.
Florência – O Padre-mestre é que me há de desculpar se assim o recebo. (*Senta-se na cama.*)
Mestre – Oh, esteja a seu gosto. Já por lá sabe-se dos seus incômodos. Toda a cidade o sabe. Tribulações deste mundo...
Florência – Emília, oferece uma cadeira ao Reverendíssimo.
Mestre – Sem incômodo. (*Senta-se.*)

Florência – O Padre-mestre veio falar comigo por mandado do Sr. D. Abade?

Mestre – Não, minha senhora.

Florência – Não? Pois eu lhe escrevi.

Mestre – Aqui venho pelo mesmo motivo que já vim duas vezes.

Florência – Como assim?

Mestre – Em procura do noviço Carlos. Ah, que rapaz!

Florência – Pois tornou a fugir?

Mestre – Se tornou! É indomável! Foi metido no cárcere a pão e água.

Emília – Desgraçado!

Mestre – Ah, a menina lastima-o? Já me não admira que ele faça o que faz.

Florência – O Padre-mestre dizia...

Mestre – Que estava no cárcere a pão e água, mas o endemoninhado[5] arrombou as grades, saltou na horta, vingou o muro da cerca que deita para a rua e pôs-se a panos[6].

Florência – Que doudo! E para onde foi?

Mestre – Não sabemos, mas julgamos que para aqui se dirigiu.

Florência – Posso afiançar a Vossa Reverendíssima que por cá ainda não apareceu. (*Carlos bota a cabeça de fora e puxa pelo vestido de Emília.*)

Emília (*assustando-se*) – Ai!

Florência – O que é, menina?

---

5. *Indemoninhado*, no texto da primeira edição (Darcy Damasceno).

6. Fugiu.

Mestre (levantando-se) – O que foi?

Emília (vendo Carlos) – Não foi nada, não senhora... Um jeito que dei no pé.

Florência – Tem cuidado. Assente-se, Reverendíssimo. Mas como lhe dizia, o meu sobrinho cá não apareceu; desde o dia que o Padre-mestre o levou preso ainda o não vi. Não sou capaz de faltar à verdade.

Mestre – Oh, nem tal suponho. E demais, Vossa Senhoria, como boa parenta que é, deve contribuir para a sua correção. Esse moço tem revolucionado todo o convento, e é preciso um castigo exemplar.

Florência – Tem muita razão; mas eu já mandei falar ao Sr. D. Abade para que meu sobrinho saísse do convento.

Mestre – E o D. Abade está a isso resolvido. Nós todos nos temos empenhado. O Sr. Carlos faz-nos loucos... Sairá do convento; porém antes será castigado.

Carlos – Veremos...

Florência (para Emília) – O que é?

Emília – Nada, não senhora.

Mestre – Não por ele, que estou certo que não se emendará, mas para exemplo dos que lá ficam. Do contrário, todo o convento abalava.

Florência – Como estão resolvidos a despedir meu sobrinho do convento, e o castigo que lhe querem impor é tão somente exemplar, e ele precisa um pouco, dou minha palavra a Vossa Reverendíssima que assim que ele aqui aparecer, mandarei agarrá-lo e levar para o convento.

Carlos – Isso tem mais que se lhe diga...[7]

7. Isso merece resposta.

Mestre (levantando-se) – Mil graças, minha senhora.

Florência – Isto mesmo terá a bondade de dizer ao Sr. D. Abade, a cujas orações me recomendo.

Mestre – Serei fiel cumpridor. Dê-me as suas determinações.

Florência – Emília, conduz o Padre-mestre.

Mestre (para Emília) – Minha menina, muito cuidado com o senhor seu primo. Não se fie nele; julgo capaz de tudo. *(Sai.)*

Emília (voltando) – Vá encomendar defuntos!

CENA VII

Emília, Florência e Carlos, debaixo da cama.

Florência – Então, que te parece teu primo Carlos? É a terceira fugida que faz. Isto assim não é bonito.

Emília – E para que o prendem?

Florência – Prendem-no porque ele foge.

Emília – E ele foge porque o prendem.

Florência – Belo argumento! É mesmo dessa cabeça. *(Carlos puxa pelo vestido de Emília.)* Mas o que tens tu?

Emília – Nada, não senhora.

Florência – Se ele aqui aparecer hoje, há de ter paciência, irá para o convento, ainda que seja amarrado. É preciso quebrar-lhe o gênio. Estais[8] a mexer-te?

Emília – Não senhora.

Florência – Queira Deus que ele se emende... Mas que tens tu Emília, tão inquieta?

---

8. Assim no texto, por *Estás* (Darcy Damasceno).

Emília – São cócegas na sola dos pés.

Florência – Ah, isso são cãibras. Bate com o pé, assim estais[9] melhor.

Emília – Vai passando.

Florência – O sobrinho é estouvado[10], mas nunca te dará os desgostos que me deu o Ambró... – nem quero pronunciar o nome. E tu não te aquietas? Bate com o pé.

Emília (*afastando-se da cama*) – Não posso estar quieta no mesmo lugar. (*À parte.*) Que louco!

Florência – Estou arrependida de ter escrito. (*Entra José.*) Quem vem aí?

CENA VIII

Os mesmos e José.

Emília – É o José.

Florência – Entregaste a carta?

José – Sim, minha senhora, e o Sr. D. Abade mandou comigo um Reverendíssimo, que ficou na sala à espera.

Florência – Fá-lo entrar. (*Sai o criado.*) Emília, vai para dentro. Já que um Reverendíssimo teve o incômodo

9. Assim no texto, por *estás* (Darcy Damasceno).
10. Não tem juízo.

de cá vir, quero aproveitar a ocasião e confessar-me.
Posso morrer...

Emília – Ah!

Florência – Anda, vai para dentro e não te assustes. (*Sai Emília.*)

CENA IX

Florência (*só*) – A ingratidão daquele monstro assassinou-
-me. Bom é ficar tranquila com a minha consciência.

CENA X

Ambrósio, com hábito de frade, entra seguindo José.

Criado – Aqui está a senhora.

Ambrósio (*à parte*) – Retira-te e fecha a porta. (*Dá-lhe dinheiro.*)

Criado (*à parte*) – Que lá se avenham... A paga cá está.

CENA XI

Florência – Vossa Reverendíssima pode aproximar-se.
Queira sentar-se. (*Senta-se.*)

Ambrósio (*fingindo que tosse*) – Hum, hum, hum... (*Carlos espreita debaixo da cama.*)

Florência – Escrevi para que viesse uma pessoa falar-me e Vossa Reverendíssima quis ter a bondade de vir.

Ambrósio – Hum, hum, hum…

Carlos (*à parte*) – O diabo do frade está endefluxado[11].

Florência – E era para tratarmos do meu sobrinho Carlos, mas já não é preciso. Aqui esteve o Padre-mestre; sobre isso falamos; está tudo justo, e sem dúvida Vossa Reverendíssima já está informado.

Ambrósio (*o mesmo*) – Hum, hum, hum…

Florência – Vossa Reverendíssima está constipado; talvez o frio da noite…

Ambrósio (*disfarçando a voz*) – Sim, sim…

Florência – Muito bem.

Carlos (*à parte*) – Não conheci esta voz no convento…

Florência – Mas para que Vossa Reverendíssima não perdesse de todo o seu tempo, se quisesse ter a bondade de ouvir-me em confissão…

Ambrósio – Ah! (*Vai fechar[12] as portas.*)

Florência – Que faz, senhor?[13] Fecha a porta? Ninguém nos ouve.

Carlos (*à parte*) – O frade tem más tenções…[14]

Ambrósio (*disfarçando a voz*) – Por cautela.

Florência – Assente-se. (*À parte.*) Não gosto muito disto… (*Alto.*) Reverendíssimo, antes de principiarmos a confissão, julgo necessário informar-lhe que eu fui ca-

11. Constipado.

12. Na primeira edição, lê-se *feichar*. Caso semelhante ocorre na fala seguinte.

13. Assim no texto (Darcy Damasceno), por *Que fazes, senhor?*

14. O mesmo que "intenções".

sada duas vezes; a primeira, com um santo homem, e a segunda, com um demônio.

Ambrósio – Hum, hum, hum…

Florência – Um homem sem honra e sem fé em Deus, um malvado. Casou-se comigo quando ainda tinha mulher viva! Não é verdade, Reverendíssimo, que esse homem vai direitinho para o inferno?

Ambrósio – Hum, hum, hum…

Florência – Oh, mas enquanto não vai para o inferno, há de pagar nesta vida. Há uma ordem de prisão contra ele e o malvado não ousa aparecer.

Ambrósio (*levantando-se e tirando o capuz*) – E quem vos disse que ele não ousa aparecer?

Florência (*fugindo da cama*) – Ah!

Carlos (*à parte*) – O senhor meu tio!

Ambrósio – Podeis gritar, as portas estão fechadas[15]. Preciso de dinheiro e muito dinheiro para fugir desta cidade, e dar-mo-eis, senão…

Florência – Deixai-me! Eu chamo por socorro!

Ambrósio – Que me importa? Sou criminoso; serei punido. Pois bem, cometerei outro crime, que me pode salvar. Dar-me-eis tudo quanto possuís: dinheiro, joias, tudo! E desgraçada de vós, se não me obedeceis! A morte!…

Florência (*corre por toda a casa, gritando*) – Socorro, socorro! Ladrão, ladrão! Socorro! (*Escuro.*)

Ambrósio (*seguindo-a*) – Silêncio, silêncio, mulher!

Carlos – O caso está sério! (*Vai saindo debaixo da cama no momento que Florência atira com a mesa no chão.*

---

15. *Feichadas*, na primeira edição.

Ouve-se gritos fora.) Abra, abra! (*Florência, achando-*
-se só e no escuro, senta-se no chão, encolhe-se e cobre-se
com uma colcha.)

Ambrósio (*procurando*) – Para onde foi? Nada vejo. Batem
nas portas! O que farei?

Carlos (*à parte*) – A tia calou-se e ele aqui está.

Ambrósio (*encontra-se com Carlos e agarra-lhe no hábito*)
– Ah, mulher, estais em meu poder. Estas portas não
tardarão a ceder; salvai-me, ou mato-te!

Carlos (*dando-lhe uma bofetada*) – Tome lá, senhor meu tio!

Ambrósio – Ah! (*Cai no chão.*)

Carlos (*à parte*) – Outra vez para a concha. (*Mete-se de-*
baixo da cama.)

Ambrósio (*levantando-se*) – Que mão! Continuam a bater.
Onde esconder-me? Que escuro! Deste lado vi um armário...: Ei-lo! (*Mete-se dentro.*)

CENA XII

Entram pelo fundo quatro homens armados,
Jorge trazendo uma vela acesa. Claro.

Jorge (*entrando*) – Vizinha, vizinha, o que é? O que foi?
Não vejo ninguém... (*Dá com Florência no canto.*)
Quem está aqui?

Florência – Ai, ai!

Jorge – Vizinha, somos nós...

Emília (dentro) – Minha mãe, minha mãe! (*Entra.*)

Florência – Ah, é o vizinho Jorge! E estes senhores? (*Levantando-se ajudada por Jorge.*)

Emília – Minha mãe, o que foi?

Florência – Filha!

Jorge – Estava na porta de minha loja, quando ouvi gritar: Socorro, socorro! Conheci a voz da vizinha e acudi com estes quatro amigos.

Florência – Muito obrigado, vizinho; ele já se foi.

Jorge – Ele quem?

Florência – O ladrão.

Todos – O ladrão!

Florência – Sim, um ladrão vestido de frade, que me queria roubar e assassinar.

Emília (para Florência) – Minha mãe!

Jorge – Mas ele não teve tempo de sair. Procuremos.

Florência – Espere, vizinho, deixe-me sair primeiro. Se o encontrarem, deem-lhe uma boa arrochada e levem-no preso. (*À parte.*) Há de me pagar! Vamos, menina.

Emília (para Florência) – É Carlos, minha mãe, é o primo!

Florência (para Emília) – Qual o primo! É ele, teu padrasto.

Emília – É o primo!

Florência – É ele, é ele. Vem. Procurem-no bem, vizinhos, e pau nele. Anda, anda. (*Sai com Emília.*)

CENA XIII

Jorge – Amigos, cuidado! Procuremos tudo; o ladrão ainda não saiu daqui. Venham atrás de mim. Assim que ele aparecer, uma boa maçada de pau, e depois pés e mãos amarradas, e guarda do Tesouro com ele... Sigam-me. Aqui não está; vejamos atrás do armário. (*Vê.*) Nada. Onde se esconderia? Talvez debaixo da cama. (*Levantando o rodapé*) Oh, cá está ele! (*Dão bordoadas.*)

Carlos (*gritando*) – Ai, ai, não sou eu, não sou ladrão, ai ai!

Jorge (*dando*) – Salta para fora, ladrão, salta! (*Carlos sai para fora, gritando.*) Não sou ladrão, sou de casa!

Jorge – A ele, amigos! (*Perseguem Carlos de bordoadas por toda a cena. Por fim, mete-se atrás do armário e atira com ele no chão. Gritos:* Ladrão!)

CENA XIV

Jorge só; depois Florência e Emília.

Jorge – Eles que o sigam; eu já não posso. O diabo esfolou-me a canela com o armário. (*Batendo na porta.*) Ó vizinha, vizinha?

Florência (*entrando*) – Então, vizinho?

Jorge – Estava escondido debaixo da cama.

Emília – Não lhe disse?

Jorge – Demos-lhe uma boa maçada de pau e fugiu por aquela porta, mas os amigos foram-lhe no alcance.

Florência – Muito obrigada, vizinho, Deus lhe pague.

Jorge – Estimo que a vizinha não tivesse maior incômodo.

Florência – Obrigada. Deus lhe pague, Deus lhe pague.

Jorge – Boa-noite, vizinha; mande levantar o armário que caiu.

Florência – Sim, senhor. Boa-noite. (*Sai Jorge.*)

CENA XV

Florência e Emília.

Florência – Pagou-me!

Emília (*chorando*) – Então, minha mãe, não lhe disse que era o primo Carlos?

Florência – E continuas a teimar?

Emília – Se eu o vi atrás da cama!

Florência – Ai, pior[16], era teu padrasto.

Emília – Se eu o vi!

Florência – Se eu lhe falei!... E boa teima!

CENA XVI

Juca (*entrando*) – Mamãe, aquela mulher do papá quer-lhe falar.

Florência – O que quer essa mulher comigo, o que quer? (*Resoluta.*) Diga que entre. (*Sai Juca.*)

Emília – A mamãe vai afligir-se no estado em que está?

Florência – Bota aqui duas cadeiras. Ela não tem culpa. (*Emília chega uma cadeira. Florência, sentando-se.*)

---

16. *Peior,* na primeira edição.

Vejamos o que quer. Chega mais esta outra cadeira para aqui. Bem, vai para dentro.

Emília – Mas, se...

Florência – Anda; uma menina não deve ouvir a conversa que vamos ter. Farei tudo para persegui-lo! (*Emília sai.*)

CENA XVII

Entra Rosa. Já vem de vestido.

Rosa – Dá licença?

Florência – Pode entrar. Queira ter a bondade de sentar--se. (*Senta-se.*)

Rosa – Minha senhora, a nossa posição é bem extraor-dinária...

Florência – E desagradável no último ponto.

Rosa – Ambas casadas com o mesmo homem...

Florência – E ambas com igual direito.

Rosa – Perdoe-me, minha senhora, nossos direitos não são iguais, sendo eu a primeira mulher...

Florência – Oh, não falo desse direito, não o contesto. Di-reito de persegui-lo quero eu dizer.

Rosa – Nisso estou de acordo.

Florência – Fui vilmente atraiçoada...

Rosa – E eu indignamente insultada...

Florência – Atormentei meus filhos...

Rosa – Contribuí para a morte de minha mãe…

Florência – Estragou grande parte de minha fortuna…

Rosa – Roubou-me todos os meus bens…

Florência – Oh, mas hei de vingar-me!

Rosa (*levantando-se*) – Havemos de vingarmo-nos, senhora, e para isso aqui me acho.

Florência (*levantando-se*) – Explique-se.

Rosa – Ambas fomos traídas pelo mesmo homem, ambas servimos de degrau à sua ambição. E porventura somos disso culpadas?

Florência – Não.

Rosa – Quando lhe dei eu a minha mão, poderia prever que ele seria um traidor? E vós, senhora, quando lhe destes[17] a vossa, que vos uníeis a um infame?

Florência – Oh, não!

Rosa – E nós, suas desgraçadas vítimas, nos odiaremos mutuamente, em vez de ligarmo-nos, para de comum acordo perseguirmos o traidor?

Florência – Senhora, nem eu, nem vós temos culpa do que se tem passado. Quisera viver longe de vós; vossa presença aviva meus desgostos, porém farei um esforço – aceito o vosso oferecimento – unamo-nos e mostraremos ao monstro o que podem duas fracas mulheres quando se querem vingar.

Rosa – Eu contava convosco.

Florência – Agradeço a vossa confiança.

Rosa – Sou provinciana, não possuo talvez a polidez da Corte, mas tenho paixões violentas e resoluções pron-

17. *Désteis*, na primeira edição.

tas. Aqui trago uma ordem de prisão contra o pérfido, mas ele se esconde. Os oficiais de justiça andam em sua procura.

Florência – Aqui esteve há pouco.

Rosa – Quem?

Florência – O traidor.

Rosa – Aqui? Em vossa casa? E não vos assegurastes[18] dele?

Florência – E como?

Rosa – Ah, se eu aqui estivesse...

Florência – Fugiu, mas levou uma maçada de pau.

Rosa – E onde estará ele agora, aonde?

Ambrósio (*arrebenta uma tábua do armário, põe a cabeça de fora*) – Ai, que abafo!

Florência [e] *Rosa* (*assustadas*) – É ele!

Ambrósio (*com a cabeça de fora*) – Oh, diabo, cá estão elas!

Florência – É ele! Como te achas aí?

Rosa – Estava espreitando-nos!

Ambrósio – Qual espreitando! Tenham a bondade de levantar este armário.

Florência – Para quê?

Ambrósio – Quero sair... Já não posso... Abafo, morro!

Rosa – Ah, não podes sair? Melhor.

Ambrósio – Melhor?

Rosa – Sim, melhor, porque estás em nosso poder.

Florência – Sabes que estávamos ajustando o meio de nos vingarmos de ti, maroto?

Rosa – E tu mesmo te entregaste... Mas como?...

---

18. *Assegurásteis*, na primeira edição.

Florência – Agora já adivinho[19]. Bem dizia Emília; foi Carlos quem levou as bordoadas. Ah, patife, mais essa!

Rosa – Pagará tudo por junto.

Ambrósio – Mulheres, vejam lá o que fazem!

Florência – Não me metes medo, grandíssimo mariola![20]

Rosa – Sabes que papel é este? É uma ordem de prisão contra ti que vai ser executada. Foge agora!

Ambrósio – Minha Rosinha, tira-me daqui!

Florência – O que é lá?

Ambrósio – Florencinha, tem compaixão de mim!

Rosa – Ainda falas, patife?

Ambrósio – Ai, que grito! Ai, ai!

Florência – Podes gritar. Espera um bocado. (*Sai.*)

Rosa – A justiça de Deus te castiga.

Ambrósio – Escuta-me, Rosinha, enquanto aquele diabo está lá dentro: tu és a minha cara mulher; tira-me daqui que eu te prometo...

Rosa – Promessas tuas? Queres que eu acredite nelas? (*Entra Florência trazendo um pau de vassoura.*)

Ambrósio – Mas eu juro que desta vez...

Rosa – Juras? E tu tens fé em Deus para jurares?

Ambrósio – Rosinha de minha vida, olha que...

Florência (*levanta o pau e dá-lhe na cabeça*) Toma, maroto!

Ambrósio (*escondendo a cabeça*) – Ai!

Rosa (*rindo-se*) – Ah, ah, ah!

Florência – Ah, pensavas que o caso havia de ficar assim? Anda, bota a cabeça de fora!

19. *Adevinho*, na primeira edição.
20. Mau-caráter.

Ambrósio (principia a gritar) – Ai! (*Etc.*)

Rosa (procura pela casa um pau) – Não acho também um pau...

Florência – Grita, grita, que eu já chorei muito. Mas agora hei de arrebentar-te esta cabeça. Bota essa cara sem--vergonha de fora!

Rosa (tira o travesseiro da cama) – Isto serve?

Florência – Patife! Homem desalmado!

Rosa – Zombastes[21], agora pagarás.

Ambrósio (botando a cabeça de fora) – Ai, que morro! (*Dão-lhe.*)

Rosa – Toma lá!

Ambrósio (escondendo a cabeça) – Diabos!

Rosa – Chegou nossa vez.

Florência – Verás como se vingam duas mulheres...

Rosa – Traídas...

Florência – Enganadas...

Rosa – Por um tratante...

Florência – Digno da forca.

Rosa – Anda, bota a cabeça de fora!

Florência – Pensavas que havíamos de chorar sempre?

Ambrósio (bota a cabeça de fora) – Já não posso! (*Dão--lhe.*) Ai, que me matam! (*Esconde-se.*)

Rosa – É para teu ensino.

Florência (fazendo sinais para Rosa) – Está bom, basta, deixá-lo. Vamos chamar os oficiais de justiça.

Rosa – Nada! Primeiro hei de lhe arrebentar a cabeça. Bota a cabeça de fora. Não queres?

---

21. Assim no texto (Darcy Damasceno), por *Zombaste*.

Florência (fazendo sinais) – Não, minha amiga, por nossas mãos já nos vingamos. Agora, a Justiça.

Rosa – Pois vamos. Um instantinho, meu olho, já voltamos.

Florência – Se quiser, pode sair e passear. Podemos sair, que ele não foge. (*Colocam-se junto*[22] *do armário, silenciosas.*)

Ambrósio (botando a cabeça de fora) – As fúrias já se foram. Escangalharam-me a cabeça! Se eu pudesse fugir... (*Florência* [e] *Rosa dão-lhe.*)

Florência – Por que não foges?

Rosa – Pode muito bem.

Ambrósio – Demônios! (*Esconde-se.*)

Florência – Só assim teria vontade de rir. Ah, ah!

Rosa – Há seis anos que me não rio de tão boa vontade!

Florência – Então, maridinho?

Rosa – Vidinha, não queres ver tua mulher?

Ambrósio (dentro) – Demônios, fúrias, centopeias! Diabos! Corujas! Ai, ai! (*Gritando sempre.*)

CENA XVIII

Os mesmos e Emília.

Emília (entrando) – O que é? Riem-se?

Florência – Vem cá, menina, vem ver como se deve ensinar aos homens.

22. *Juntas*, na primeira edição.

CENA XIX

Entra Carlos preso por soldados etc.,
seguido de Jorge.

Jorge (entrando adiante) – Vizinha, o ladrão foi apanhado.

Carlos (entre os soldados) – Tia!

Florência – Carlos!

Emília – O primo! (*Ambrósio bota a cabeça de fora e espia.*)

Jorge – É o ladrão.

Florência – Vizinho, este é meu sobrinho Carlos.

Jorge – Seu sobrinho? Pois foi quem levou a coça.

Carlos – Ainda cá sinto...

Florência – Coitado! Foi um engano, vizinho.

Jorge (para os meirinhos) – Podem largá-lo.

Carlos – Obrigado. Priminha! (*Indo para ela.*)

Emília – Pobre primo!

Florência (para Jorge) – Nós já sabemos como foi o engano, neste armário; depois lhe explicarei. (*Ambrósio esconde-se.*)

Jorge (para os soldados) – Sinto o trabalho que tiveram... E como não é mais preciso, podem-se retirar.

Rosa – Queiram ter a bondade de esperar. Senhores oficiais de justiça, aqui lhes apresento este mandado de[23] prisão, lavrado contra um homem que se oculta dentro daquele armário.

Todos – Naquele armário!

Meirinho (que tem lido o mandado) – O mandado está em forma.

---

23. *Da*, no texto (Darcy Damasceno).

Rosa – Tenham a bondade de levantar o armário. (*Os ofi-
ciais de justiça e os quatro homens levantam o armário.*)
Florência – Abram. (*Ambrósio sai muito pálido, depois de
abrirem o armário.*)
Carlos – O senhor meu tio!
Emília – Meu padrasto!
Jorge – O Sr. Ambrósio!
Meirinho – Estais preso.
Rosa – Levai-o.
Florência – Para a cadeia.
Ambrósio – Um momento. Estou preso, vou passar seis
anos na cadeia… Exultai, senhoras. Eu me deveria lem-
brar antes de me casar com duas mulheres, que basta
só uma para fazer o homem desgraçado. O que dire-
mos de duas? Reduzem-no ao estado em que me vejo.
Mas não sairei daqui sem ao menos vingar-me em al-
guém. (*Para os meirinhos.*) Senhores, aquele moço fu-
giu do convento depois de assassinar um frade.
Carlos – O que é lá isso? (*Mestre de Noviços entra pelo
fundo.*)
Ambrósio – Senhores, denuncio-vos um criminoso.
Meirinho – É verdade que tenho aqui uma ordem contra
um noviço…
Mestre – …Que já de nada vale. (*Prevenção.*)
Todos – O Padre-mestre!
Mestre (*para Carlos*) – Carlos, o D. Abade julgou mais
prudente que lá não voltasses[24]. Aqui tens a permissão
por ele assinada para saíres do convento.

24. *Voltásseis*, na primeira edição.

Carlos (*abraçando-o*) – Meu bom Padre-mestre, este ato reconcilia-me com os frades.

Mestre – E vós, senhoras, esperai da justiça dos homens o castigo deste malvado. (*Para Carlos e Emília.*) E vós, meus filhos, sede felizes, que eu pedirei para todos (*ao público:*) indulgência!

Ambrósio – Oh, mulheres, mulheres! (*Execução.*)

FIM

Coleção Clássicos Ateliê

Ateneu, O – Raul Pompeia | Apresentação e Notas: Emília Amaral
Auto da Barca do Inferno – Gil Vicente
    Apresentação e Notas: Ivan Teixeira
Bom Crioulo – Adolfo Caminha
    Apresentação e Notas: Salete de Almeida Cara
Carne, A – Júlio Ribeiro | Apresentação e Notas: Marcelo Bulhões
Carta de Pero Vaz Caminha, A – Pero Vaz de Caminha
    Apresentação e Notas: Marcelo Módolo & M. de Fátima Nunes Madeira
Casa de Pensão – Aluísio de Azevedo | Apresentação e Notas: Marcelo Bulhões
Cidade e as Serras, A – Eça de Queirós
    Apresentação e Notas: Paulo Franchetti & Leila Guenther
Clepsidra – Camilo Pessanha | Apresentação e Notas: Paulo Franchetti
Coração, Cabeça e Estômago – Camilo Castelo Branco
    Apresentação e Notas: Jean Pierre Chauvin
Cortiço, O – Aluísio de Azevedo
    Apresentação e Notas: Paulo Franchetti & Leila Guenther
Coruja, O – Aluísio de Azevedo
    Apresentação e Notas: J. de Paula Ramos Jr. & Maria S. Viana
Dom Casmurro – Machado de Assis
    Apresentação e Notas: Paulo Franchetti & Leila Guenther
Esaú e Jacó – Machado de Assis
    Apresentação e Notas: Paulo Franchetti
Espumas Flutuantes – Castro Alves
    Apresentação e Notas: José de Paula Ramos Jr.
Farsa de Inês Pereira – Gil Vicente
    Apresentação e Notas: Izeti Fragata Torralvo &
    Carlos Cortez Minchillo
Gil Vicente: O Velho da Horta, Auto da Barca do Inferno,
    Farsa de Inês Pereira – Gil Vicente
    Apresentação e Notas: Segismundo Spina
Guarani, O – José de Alencar | Apresentação e Notas: Eduardo Vieira Martins
Ilustre Casa de Ramires, A – Eça de Queirós
    Apresentação e Notas: Marise Hansen
Inocência – Visconde de Taunay | Apresentação e Notas: Jefferson Cano
Iracema – Lenda do Ceará – José de Alencar
    Apresentação e Notas: Paulo Franchetti & Leila Guenther
Lira dos Vinte Anos – Álvares de Azevedo
    Apresentação e Notas: José Emílio Major Neto
Lucíola – José de Alencar
    Apresentação: João Roberto Faria. Notas: José de Paula Ramos Jr.
Lusíadas, Os - Episódios – Luís de Camões
    Apresentação e Notas: Ivan Teixeira

Título	O Noviço
Autor	Martins Pena
Apresentação e Notas	José de Paula Ramos Jr.
Editor	Plinio Martins Filho
Produção Editorial	Carlos Gustavo Araújo do Carmo
Ilustrações	Arnaldo Melo
Capa	Silvana Biral e Plinio Martins Filho
Editor de Arte	Ricardo Assis
Editoração Eletrônica	Aline Sato
	Camyle Cosentino
Formato	12 × 18 cm
Tipologia	Minion Pro
Papel do Miolo	Chambril Avena 70 g
Papel da Capa	Cartão Supremo 250g
Número de Páginas	136
Impressão e Acabamento	Bartira Gráfica